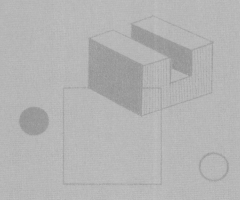

두
비교문학자의
편지

문학과 미술의 경계

두 비교문학자의 편지

강정화 · 신이연 지음

yeon
doo

차
례

시작하며

문학과 미술, 미술과 문학. 어쩌다 보니 이 주제로 계속 공부하고 있습니다. 좋아하는 일이 잘하는 일이 되었고, 할 수 있는 일이 이것밖에 없다 보니 계속해서 하게 되었달까요. 겁도 없이 시작했던 일인데 이곳까지 오게 되었습니다.

공부하는 동안 외롭기도 외로웠습니다. 문학이면 문학, 미술이면 미술. 세미나를 해도 두 배로 해야 했지요. 하지만 열심히 한들 양쪽 어디에도 제대로 한다는 인식을 주지 못했습니다. 하나만 파고들어도 어려운 공부인데 양쪽을 다 하려고 하니 거기에 무슨 전문성이 생기겠냐는 조언을 듣기도 했습니다. 그래서 늘 외롭다고 생각했습니다. 그런데 외로움보다 저를 더 어렵게 만드는 것은 확신이 서지 않는다는 것이었습니다. 선뜻 목소리를 내기가 어려웠죠. 그러니까 예를 들면 이런 마음이지요 "이렇게 말해도 되는 건가?"

그래서 신 선생님을 보자마자 함께 미래를 그릴 수밖에 없었습니다. 미래를 그린다니 이런 진부한 표현으로밖에 표현할 수가 없네요. 그런데 저는 정말이지 반갑고, 간절하고, 애타는 마음을 담아 신 선생님에게 편지를 보낼 수밖에 없었습니다. (누가 보면 연애 편지라도 쓰는 줄 알겠습니다만)

2020년 8월, 학과 세미나 모임에서 신 선생님을 처음 만났습니다. 어떤 정보도 없는 상태에서 인사를 나눈 게 다였는데 그때부터 저는 선생님과 무언가를 꼭 같이하고 싶다는 생각을 하게 되었지요. 문학을 공부하던 제가 미술을 같이 공부하게 된 것이나 미술을 공부하던 신 선생님이 문학을 같이 공부하게 된 과정이 너무나 비슷하게 느껴졌기 때문입니다. 처음에는 그저 선생님과 문학과 미술에 관한 이야기를 나누고 싶다는 마음이었습니다. 그런데 편지가 길어질수록 우리가 나눈 대화를 통해 우리가 앞으로 하고자 하는 공부에 대해 이야기할 수 있겠다는 마음이 들었습니다. 끝나는 순간까지 끝나지 않았지만, 그리하여 결말이란 것도 없지만, 혹시 누군가가 문학과 미술을 공부하고자 하는 마음을 먹는다면 우리의 편지가 작게나마 도움이 되지 않을까 생각합니다. 그래서 그간 나눈 편지를 다듬고, 이렇게 모으게 되었습니다.

많은 생각을, 또 많은 공부를 할 수 있는 시간이었습니다. 스스로 정의하는 문학과 미술의 경계에 대해서, 그리고 앞으로 하고 싶은 공부에 대해서 찬찬히 되짚어 보는 시간이었습니다. 같지만 다른 시각을 가진 선생님의 생각을 들으며, 당연하다 여겼던 제 안의 생각들에 의심을 던질 수 있었습니다. 둘이어서 가능했겠지요.

문학과 미술 혹은 미술과 문학의 비교. 그것이 갖는 의미는 무엇일까요? 호쾌하게 답을 내고 싶지만, 사실 답은 없습니다. 이 책이 끝나는 순간까지도 우리에게 여전히 결론은 없을 것입니다. 그래도 바라는 바가 있다면 그 결론 앞으로 최대한 다가가는 것입니다. 그래서 앞으로도 편지 쓰기를 멈추지 않을 예정입니다. 혼자였다면 지쳤을 이 길을 신 선생님이 함께해 얼마나 다행인지 모릅니다.

마지막으로 처음 우리의 편지를 소개하고 기획안을 내밀었을 때 흔쾌히 받아준 yeondoo의 김유정 대표님에게 감사의 마음을 전합니다. 무덥던 여름 언저리, 우리가 주고받은 편지에 대해 이야기하기 위해 만났던 그 푸르른 순간이 지금도 생생합니다. 문학과 미술의 비교라는, 어쩌면 경계에 선 (낯선) 학문에 관심 두고 출판의 기회를 열어주는 것에 진심으로, 열정적으로, 사랑을 담아 감사드립니다. 우리의 편지가 종이 위에 인쇄되어 세상에 나가는 순간을 고대합니다. 그리하여 우리가 나눈 편지 속 문자들이 모여 문학과 미술의 경계를 부유했으면 하는 마음입니다.

부끄러운 마음을 담아
강정화 드림

66 우리의 이야기에

결론은 없을 것입니다.

그래도 바라는 바가 있다면

결론 앞으로

최대한 다가가는 것입니다.

우리가 나눈 편지 속 문자가

문학과 미술의 경계를

부유했으면 하는 마음입니다. 〞

첫 마음을
담아

안녕하세요. 선생님!

뜬금없이 편지라니 받고도 어리둥절할 거라 생각해요. 우선 갑작스러운 연락에도 흔쾌히 메일 주소를 내어줘서 고마워요. 어떻게 생각하면 부담스러울 수도 있었을 것 같은데 말이에요. 그런데도 저는 연애편지를 쓰는 것처럼 가슴이 두근거렸습니다. 우리 사실 만난 지 얼마 되지도 않았고, 단둘이 깊은 대화를 나눈 적도 없잖아요. 이런 편지가 혹시 부담으로 느껴질까 봐 걱정이 없었던 건 아니었습니다. 그래도 저는 선생님을 처음 만난 순간부터 편지를 보내야겠다고 생각했기에 용기 내서 이렇게 편지를 씁니다.

처음 인사를 나눴을 때 기억하나요? 학과 세미나를 위한 모임에서 선후배로 처음 만났죠. 사람이 많아서 크게 티를 내진 못했지만, 정말 반가웠어요. 미술과 문학을 전공했고, 앞으로 이쪽으로 공부하고 싶어서 들어오게 되었다고 말씀하셨잖아요. 이전까지 선생님에 관한 정보를 전혀 모르고 있었기에 정말 깜짝 놀랐어요!

선생님도 겪었다시피 문학과 미술을 함께 공부하는 사람을 만나는 일은 흔치 않습니다. 문학을 공부하는 사람들도 많고, 미술을 공부하는 사람도 많은데 말입니다. 물론 비교문학을 공부하면서 문학과 타 장르에 관한 연구를 하는 선생님을 많이 만났어요. 모르긴 몰라도 우리 전공처럼 다양한 영역을 넘나드는 사람들이 많은 곳은 없을 거예요. 처음 석사 과정에 입학한 이후 10년이 넘는 시간이 흘렀으니 다양한 사람을 만날 수밖에 없었죠. 비교문학의 기본이 되는 타 언어는 물론이고, 문학과 음악을 함께 공부하는 분들도 있었고, 연극과 영화에 정말 다양한 전공이었어요. 그럼에도 비슷한 관점으로 문학과 미술을 두고 연구하는 분들은 많이 보지 못했어요. 문학이랑 미술이라고 하면 정말 가깝게 느껴지는데 실제로 두 영역을 함께 전공으로 공부하는 분들을 만나기는 쉽지 않았죠. 그래서 선생님이 문학과 미술을 함께 공부하고자 한다는 이야기를 들었을 때 얼마나 기뻤는지 모릅니다.

지금 와서 고백하자면 우리 처음 만난 세미나 때 이야기하는 내내 선생님께 보낼 '편지'를 생각했습니다. 세미나 끝나고 몇몇 분과 같이 밥도 먹으러 갔잖아요? 차분하게 선생님이 공부하고 싶은 분야를, 왜 공부하고 싶은지를 이야기했죠. 조곤조곤한 선생님의 목소리를 들으며 더욱 확신했습니다. 선생님이라면 함께 문학과 미술에 대해 깊은 이야기를 나눌 수 있을 것이라고요.

문학과 미술이 서로 연관성을 가지고 있다고 이야기하면 대부분의 사람이 고개를 끄덕이죠. 문학과 미술은 뭔가 비슷한 무언가를 가지고 있는 거 같잖아요? 그런데 막상 어떤 점에서 연관성을 가지는지 물어보면 침묵이 찾아옵니다. 어떤 점에서 두 장르가 친연성을 가지고 있다고 말할 수 있는지 쉽게 이야기하지 못하죠. 문학과 미술의 연관성을 찾는 게 어려운 게 아니라 두 장르가 왜 가까운지 생각해본 적이 없기 때문이죠.

답은 무엇일까요? 문학과 미술은 어떤 공통점을 가지고 있는 것일까요? 머릿속에 있는 형상을 글과 그림으로 만들어내는 데 있을까요? 아니면 종이를 매개로 한다는 공통점 때문일까요? 여러 답을 예상할 수 있겠죠. 솔직히 저 역시도 여전히 이 문제에 대한 답을 찾는 중입니다. 공부할수록 내가 찾고자 하는 길이 무엇이고 어디인지 어두워질 때가 많아요. 그래서 선생님께 펜을 들었어요. 아니, 컴퓨터 앞에 앉았다고 해야 맞는 말이겠네요. 혼자 답을 찾는 것보다 함께 찾아가면 더 좋잖아요. 재밌고.

우리 이야기를 하기 위해서 먼저 제 이야기를 안 할 수가 없네요. 문학과 미술을 함께 공부하고 싶었던 이유에 대해서 말이죠. 지금 손을 잠시 멈추고, 내가 왜 이 공부를 하게 되었는지를 떠올려 봤습니다. 요즘같이 자기 소개서를 자주 써야 하는 시즌에는(웃음) 이 연구를 시작하게 된 이유에 대해 떠올릴 시간이 많아집니다. 그럴 때마다 어린 시절을 떠올려요. 글자랑 그림을 끄적이던 때까지 올라가죠. 음, 저에게는 문학이 먼저였네요. 문학이라는 말도 왠지 거창해요. 그때는 그저 책이었죠. 아니면 낙서장? 저에게 문학, 아니 글을 읽고 쓰는 건 무료함을 달래기 위한 '놀이'였습니다.

초등학교 다니던 때에는 가지고 놀 것이 책밖에 없었어요. 지금처럼 아이들을 위한 전집이 체계적으로 갖춰지지도 않앉을 때였죠. 이렇게 얘기하니까 엄청나게 오래전 이야기 같네요. 책을 갖고 놀았다고 하는데 그렇다고 세상의 이야기가 궁금해 많은 책을 읽은 것도 아니었어요. 물론 동화책도 있고, 당시 나이대에 맞는 책도 몇 권 있기는 했지만, 그런 건 내용도 짧고 자주 읽어서 그런지 좀 지루했습니다. 얼마나 자주 읽었는지 문장을 외울 정도가 되었죠. 그리고 나니 다른 책들을 찾게 되더라고요. 집에는 부모님이나 오빠가 읽는 책이 몇 권 있었는데 몇 권 안 되는 그 책을 여러 번 읽고 또 읽었어요. 다독多讀이라고 하죠? 어른들이 읽는 책이라 처음에는 이해가 되지 않아 여러 번 읽기 시작한 것이었는데 나중에는 책 자체가 재미있어서 또 여러 번 읽게 되었습니다. 처음 내가 이해했던 내용이 두 번, 세 번 읽을 때마다 다르게 읽히는 것도 재미있었습니다. 그렇네요. 정말 책을 읽는 건 제게 재미있는 놀이였습니다.

그렇다고 책 자체가 제 학창 시절의 전부는 아니었던 것 같아요. 고학년이 되고 친구들이랑 노는 시간이 길어지면서 책 읽는 시간도 줄어들었죠. 중학생이 되었을 때는 우리 사이에 패션 잡지가 유행하게 되면서 책보다는 잡지를 모으기 시작했습니다. 그림도 오려 붙이고 친구들과 교환 일기장도 쓰면서 다른 데에 재미를 붙였던 것 같아요. '친구'라는 존재가 제 인생에 큰 부분을 차지하게 된 거죠. 그냥 같이 있으면서 오려서 붙이고 꾸미고, 그게 재미있었던 것 같아요. 잡지도 책이라는 의미에서 보면 여전히 책과 놀았던 것 같네요. 그렇게 같이 어울리던 친구 중 한 명이 미술부에 들자고 해서 미술이 무엇인지도 잘 모르는 상태로 미술부에 들게 되면서 미술을 만나게 됩니다.

생각보다 그림 그리는 게 너무 재미있었어요. 잘 그리지는 못하지만, 그림을 그리는 순간에는 정말 집중하게 되더라고요. 뭔가 나만의 세계에 빠지는 듯한 느낌이죠. 그런데 재미있다고 계속할 수는 없잖아요. 1학년 때는 취미로도 충분히 가능했는데 2학년부터는 예술고등학교에 진학하려는 학생들만 남았고, 스스로 생각할 때 저는 그 정도까지 재능은 없었기 때문에 더 이어가지는 않았어요. 예고를 갈 수 있는 환경도 아니었고요. 어떤 특별한 재능을 보였다면 더 할 수 있었을까요? 어쨌든 인문계 고등학교에 진학할 생각으로 학교 공부에만 집중해야 하는 시기였습니다. 참, 그때 그 친구는 계속 미술을 공부하게 되었고, 지금은 미술가로 창작 활동을 이어가고 있어요.

나 스스로 문학이라는 것을 진지하게 대한 것은 고등학생이 되고 난 이후였어요. 이유는 단순합니다. 언어 영역 점수가 제일 좋았기 때문이죠. 제일 잘하는 일을 해야겠다는 생각이었어요. 분명히 시험으로 준비하는 거였는데 문제를 읽고 푸는 게 정말 재미있었거든요. 알다시피 우리 수능 언어 영역에서는 주로 근대 시기 작품을 다루잖아요. 단편과 시들. 그런데 그 시기의 소설과 시를 읽는 일이 정말 재미있었어요. 문제집 지문을 읽다가 주인공에게 감정 이입해서 엉엉 울기도 하고, 마음에 드는 시가 나오면 예쁘게 오려 다이어리에 붙여두기도 했죠. 김소월의 「초혼」을 읽으며 가슴이 저릿했던 기억도 나네요. 문학이 갖는 힘을 조금씩 느끼고 있었나 봐요. 그래서 나도 이런 글을 쓰고 싶다는 생각으로 연습장 한구석에 시를 끄적이기도 했습니다. 적극적으로 참여하지는 못했지만, 지역 백일장에 나가 상을 타기도 했고요. 친구들의 이름을 넣은 시를 써서 선물하는 일이 즐거움이 될 정도로 글쓰기는 고된 수험 생활을 버티게 해줬습니다. 나 자신에게 작가로의 재능이 있을지도 모르겠다는 소망을 키워갔던 시기였어요.

그래서 대학 선택에 있어 별다른 고민이 필요하지 않았어요. 주저 없이 문학을 전공하게 되었죠. 어쩌면 평생을 좌우할 수도 있는 선택이었는데 다른 여지를 두지 않았던 것 같아요. 그때 당시에도 친구들은 취업률이 높은 학과나 공무원 시험에 적합한 학과가 뭐네 이야기했지만, 숫자와 친하지 않았던 제가 다른 것을 공부한다는 건 상상할 수도 없는 일이었어요. 지금까지 괴롭게 공부했는데 대학에 가서는 즐겁게 공부해보고자 하는 마음이 컸습니다. 무엇보다 수학이나 과학을 안 하면 정말 재밌게 공부할 수 있을 것 같았어요. 진짜 어려워했던 과목이었거든요. 재미있는 공부를 하고 싶어서, 졸업해서 어떤 사람이 되어야겠다는 생각도 없이 그렇게 대학생이 되었습니다.

입시 때는 시를 쓰고, 면접도 봤습니다. 실기 시험을 보기 전에 동네 서점에 가서 김명인 시인의 시집을 뒤적이기도 했어요. 용돈이 부족해서 다는 못 사고, 단 한 권만 사서 집에 왔네요. 빳빳하고 새하얗던 종이가 눅눅하고 거뭇해질 때까지 읽고 또 읽으며 입학을 준비했어요. 그때는 시인이 되고 싶었어요. 고등학생 백일장도 '시'로 도전했고요. 그런데 막상 대학생이 되고 수업을 듣다 보니 생각이 많이 바뀌었습니다. 시는 물론이고 소설, 희곡, 시나리오, 동화, 광고 등 다양한 장르의 글쓰기 수업을 들어야 했거든요. 여러 장르의 글을 습작하다 보니 동화라는 장르에 푹 빠지게 되었어요. 동화는 그림과 글이 하나로 어우러지잖아요. 그런데 글과 그림을 함께하는 작가의 작품을 접하다 보니 뭔가 완벽하게 겹치는 느낌을 받았어요. 글과 그림 작가가 다른 동화도 재미있지만, 두 개를 함께한 작가의 작품은 훨씬 자연스럽다고 여겨졌거든요. 그래서 중학생 이후 마음속에 고이 접어 뒀던 미술에 대해 다시 생각하게 되었던 것 같아요. 그즈음 '웹툰'이 유행하기도 했고요.

지금 문득 생각났는데 당시 '파페포포 시리즈'라는 책이 인기였어요. 선생님도 이 책을 알까요? 만화책이라기에는 글자가 많았고, 소설이나 수필 같은 문학이라기에 그림이 많았던 책이었어요. 지금이야 이런 책이 많았지만, 당시에는 그렇지 않았어요. 그래서 그 책의 시리즈를 구해 읽으며 정말 재미있어 했던 기억이 납니다. 입시용 소설이나 봐오던 저에게는 굉장히 큰 충격이었죠. 읽기도 매끄럽고, 그림도 있으니 재미있는 거죠! 당시 학원 강사 아르바이트를 하고 있었는데 중학생들과 함께 읽기도 했는데 예상보다 훨씬 더 재미있어 하더라고요. 그런 모습을 보면서 저도 언젠가 그런 책을 쓰고 싶다는 생각을 했죠. 실제로 컴퓨터에 연결해 그림을 그릴 수 있는 도구를 구입하기도 하고 어설프게 그림을 그려보기도 하고요. 나름 진지했죠? 기계치였던 제가 기계 다루기 어렵다고 때려치우지 말고, 진득하게 웹툰 작가에 도전했다면 지금의 삶이 많이 달라졌을까요? 허황한 상상도 해봅니다.

말이 너무 길어졌네요. 그러니까 제가 문학과 미술을 함께 공부하게 된 계기는 제가 창작자가 되고 싶었던 마음에 있네요. 그래서 제게 두 가지는 하나의 책을 이루는 '짝꿍' 같은 느낌이에요. 그림과 글이 하나로 어우러지는 것이죠. 이렇게 써놓고 보니 첫 시작은 굉장히 단순하네요. 대학원에 와서 공부하게 되면서 그것보다 훨씬 더 많은 이야기가 있다는 것을 알게 되었지만 말이에요.

선생님은 어떤가요? 문학과 미술을 함께 공부해야겠다고 생각하게 된 계기가 무엇인가요? 사실 그렇게 일반적인 전공은 아니잖아요! 선생님의 이야기를 듣고 싶어요. 답장 기다릴게요.

강정화 드림

반가운 조우,
미술과 문학의 경계에서

선생님, 안녕하세요.

네, 어리둥절했습니다. 예고도 없이 이렇게 훅 들어온 편지가 이렇게 반갑고 아련하게 느껴질 수도 있다니 이제껏 느껴본 적 없는 감정이라 어리둥절했어요. 처음 인사 나눴을 때, 사실 저는 이미 알던 사람을 만난 것 같기도 했답니다. 미술과 문학을 함께 공부했고, 그 공부로 10년째 강의를 하고 계신다니요. 소문을 듣고 선생님께서 쓰신 책과 논문들, 혼자서 찾아 읽어봤거든요. 언젠가 만나서 이야기 나눌 날이 있겠지 하면서요. 책을 읽고 나니 왠지 모를 동지애가 느껴졌어요. 잘 아시겠지만, 저희 같은 고민을 하는 사람을 만나기는 정말 어렵잖아요. 미술과 문학을 주제로 글을 쓰고 사람들 앞에서 말하기까지 얼마나 많은 고민을 하셨을까 생각하니 한편으로는 맘이 짠하기도 했고요. 선생님을 실제로 만나면 분명 나누고 싶은 이야기가 많을 거라 생각했어요. 그런데 막상 만나고 나니 처음 본 사람한테 미술과 문학에 대한 이야기를 어디서부터 어디까지 말해야 할지…. 막막하더라고요. 조금 멋쩍기도 하고요. 그러던 중 이 '편지'를 받게 된 거예요. 선생님과 아직 나누지 못한 이야기들을 이제야 맘 놓고 할 수 있게 되어서 참으로 기쁩니다.

누군가는 궁금할 수도 있을 것 같아요. 미술과 문학을 함께 공부하는 게 뭐가 그렇게 고민거리라는 거지? 하면서요. 네, 맞아요. 사람들이 생각하는 것처럼 미술과 문학은 꽤 친연성을 가진 예술 장르입니다. 두 장르를 나란히 놓는 것 자체가 크게 이질감을 주지 않기 때문에 공부하기에도 어렵지 않을 거라고 생각하는 것 같아요. 그런데 조금만 생각해보면 두 장르가 가깝다는 생각은 의외로 인상에 그칠 때가 많아요.

우선 미술은 무엇인가요? 문학은 무엇인가요? 라고 물으면 선뜻 대답할 수 있는 사람은 많지 않을 거예요. 저 역시도 마찬가지입니다. 미술과 문학은 각각 큰 단어여서 사실 사람마다 다른 정의를 갖고 있기도 하고요. 그런데 각 장르에 대한 나름의 정의가 먼저 성립되지 않으면 문학과 미술의 연관성을 찾는 것 자체가 애초에 불가능해지잖아요? 미술과 문학을 함께 공부할 때의 고충은 여기서부터 시작되는 것 같아요.

그리고 이런 질문도 있어요. 만약 어떤 한 작가가 매일 한 편씩 시를 써서 책으로 엮는 거예요. 그리고 그 책을 전시장에 가져다 놓는 겁니다. 그럼 이 작품은 문학일까요, 미술일까요? 만약 이 시를 영상 작품 속에 자막으로 넣으면요?

학창 시절 김범 작가의 작품을 처음 접했을 때의 감격이 떠오릅니다. 한국 미술에서 굉장히 중요한 작가인 김범은 1996년 『변신술』이라는 제목의 책을 출간하는데요. 작가는 이 책을 전시 공간 안에 진열하는 방법으로 보여주기도 하고, 벽에 레터링으로 부착하기도 하고, 어떤 경우에는 텍스트의 일부분을 출력해 액자 형식으로 제작해 걸기도 했죠. 저는 당시만 해도 전시장에 가면 당연하게 그림이나 조각 형태의 작품을 볼 수 있을 것이라 생각했습니다. 그런데 김범 작가는 전시 공간 안에서 글, 그러니까 텍스트를 작품으로 직접 보여줬던 것이에요.

발을 흙에 묻고 팔을 쳐들어 일정한 자세를 취하되 그 자세는 자신의 성격, 평소 생활 자세 등을 반영하는 것이 좋다. / 이를테면 곧거나 굽었거나 비틀린 자신의 성격을 반영하거나 또는 평소에 직업상, 습관상 많이 취하던 자세를 응용할 수도 있다. / 그 자세로 움직이지 않고 눈을 감은 채 어떠한 말도 생각도 하지 않는다. / 사전에 남에게 발치에 물을 부어 달라고 부탁하지 않되 누군가 발치에 물을 부어주면 막연히 행복해 한다. 그러나 그 사람을 기억하지 않는다. / 피로와 고통에 대해서도 생각지 않는다. / 생명을 유지하기 위해 밤이 되면 다시 사람이 되어 음식물을 섭취한다. 나무로서의 자신에 가능한 한 빨리 익숙해지도록 노력하고, 음식물 섭취하는 시간을 줄여간다.

—김범, 「나무가 되는 법」 부분, 『변신술』 중에서

「나무가 되는 법」은 『변신술』에 수록된 작품입니다. 제목부터 참 참신하죠. 그뿐 아닙니다. 이 책에는 나무 외에도 '문', '풀', '사다리', '표범' 등 다른 뭔가가 '되는' 더 다양한 비법이 담겨 있어요. 저는 동물과 식물, 그리고 사물의 영역까지 탐험하는 그의 상상력에 완전히 매료되었습니다. 선생님,

선생님은 어느 날 갑자기 내가 내가 아닌 다른 어떤 존재로 변신할 수 있게 된다면 어떤 기분이실 것 같나요? 만일 제게 그런 신비로운 일이 일어난다면, 저는 김범의 작품을 아마도 훌륭한 '변신 지침서'로 참고할 것 같네요. 몸을 벗어나 다른 어떤 것들 속에 깃들 수 있다고 상상하는 순간 평범해 보였던 주변의 사물들은 새로운 감수성을 가진 존재가 되어 불현듯 제게 말을 걸어옵니다.

유독 특별했던 구절은 "사전에 남에게 발치에 물을 부어달라고 부탁하지 않되 누군가 발치에 물을 부어주면 막연히 행복해한다."였습니다. 기약 없는 기다림 때문인 고독한 감정은 누구나 한 번쯤 가져봤으리라 생각해요. 그 긴 외로움의 시간을 견뎌내고 비로소 그리웠던 만남이 성사됐을 때의 아련한 복받침도요. 김범의 나무도 그렇습니다. 누군가 발치에 부어준 '물'을 통해 마치 오랜 갈증을 해소하듯 고독을 씻어내고, '막연'한 행복감을 맛보죠. 이후에는 물을 댄 사람을 기억하지도, 피로와 고통을 생각하지도 않는 경지에 다다릅니다. 저는 이 작품을 보면서 흙과 모래 사이사이를 흘러들어 나무의 뿌리까지 가닿는 얇고 빛나는 물줄기들을 상상했습니다. 그리고 그 막연한 행복감이 섬세한 물줄기를 이뤄 제 내면으로도 흘러드는 것만 같은 경험을 했어요.

건조하고 유머러스한 서술, 그 틈에서 새어 나오는 쓸쓸함과 평온함은 그간 미술관에서는 접해보지 못했던 감정이었습니다. 그래서 저는 전시장 한가운데 서서 마치 멋진 시를 한 편 읽은 것만 같은 감상에 빠졌어요. 그도 그럴 것이 '변신술'은 마침 시집 정도의 크기로 종이에 인쇄되어 전시장에 놓여 있었거든요. 그때 불현듯 하나의 질문이 찾아왔습니다. 나는 지금 김범의 작품을 '본' 것일까, '읽은' 것일까. 이 작품을 미술로 생각했다면 봤다고 표현할 수 있을 것이고, 문학 작품으로 여겼다면 읽었다고 말할 수 있겠죠. 물론 『변신술』은 읽을 때(혹은 볼 때)의 즐거움은 어느 쪽이 더 크다고 말할 수는 없지만요.

미술과 문학의 영역을 어디까지로 설정할지에 달려있겠지만, 날이 갈수록 매체가 다양해지는 현대 예술분야에서 어디서부터 어디까지를 문학으로, 또 미술로 바라볼지의 문제도 아직 저에게 큰 숙제로 남아있는 것 같아요. 하지만, 아무리 어려운 숙제라도 머리 맞대고 같이 고민하다보면 어느새 해결돼 있을 때도 있잖아요. 선생님과 함께 도란도란 이야기 나누다보면 어느 새 답에 다가가 있을 것 만 같아서, 저도 이렇게 답장을 쓰고 있습니다. 솔직히 답을 못 찾더라도, 같이 하는 과정이 재밌잖아요?

지난 편지에서 왜 '문학'과 '미술'을 공부하게 되었는지 이야기 해주셔서 고맙습니다. 우리 이야기는 닮은 것 같으면서 또 조금 다르네요. 제 경우는 미술이 먼저였습니다. '놀이'라는 면에서 시작은 비슷했어요. 부모님이 맞벌이셨고, 형제도 없었기 때문에 집에 있을 땐 혼자 그림을 그리거나 책을 보면서 무료함을 달랬어요. 그래서인지 초등학교 때부터 그림 잘 그린다는 이야기를 자주 들었어요. 나중에 알고 보니 이게 모든 미대생의 공통점이라고 하더라고요. 아이들은 칭찬 받으면 더 열심히 하잖아요. 백일장보다는 사생대회를 주로 나갔고, 상도 많이 받았어요. 그때는 아무런 의심 없이 나는 나중에 크면 '미대'를 가겠구나 생각했던 것 같아요. 사실 미대가 '미술대학'의 줄임말이라는 것을 중학생이 되고 나서야 알 정도로 막연했지만요. 막상 중학교에 진학하고 나서 예고 준비를 하지는 않았어요. 그땐 예고는 특별한 재능을 가진 애들만 가는 거라고 지레 짐작했던 것 같아요. 그냥 남들 하는 대로 학업에 전념했고 인문계 고등학교에 진학했어요.

그런데 그렇게 들어간 고등학교에서 다시 미술을 진지하게 생각하게 됩니다. 제가 다니던 학교는 1학년부터 기숙사 생활을 해야 할 정도로 입시 경쟁이 치열했던 곳이었거든요.

새벽 6시에 기상해서 밤 10시까지 자습하는 동안 학교 밖으로 한 발짝도 나갈 수가 없었어요. 어쩌면 저의 진로 선택의 이유도 간단했네요. 미대 입시 준비를 하면 학교 밖으로 나갈 수 있다는 것. 미술학원을 다녀야하니까요. 그리고 무엇보다 보람을 찾을 수 있는 일을 하고 싶은 마음도 컸어요. 앉아서 하루 종일 문제집을 풀면서 이게 다 무슨 소용인가 싶은데, 그림은 내가 그리는 대로 눈에 보이는 결과가 나오잖아요. 몇 시간 씨름하고 나면 저 멀리 있는 조각상이 내 스케치북 위로 옮겨져 있는 것이 너무 신기하고 즐거웠어요. 그렇게 미술대학에 진학하게 됐고 조소를 전공하게 됐습니다. 저 역시 대부분의 입시생처럼 딱 입학까지만 고려했던 것 같아요. 미술을 전공하고 졸업해서 어떤 사람이 될지는 생각해보지 않은 채로 대학 생활을 시작한 거죠.

대학에서 본격적으로 '현장의 미술'을 경험하게 됐어요. 그동안 내가 알던 미술은 사물을 똑같이 그리는 것에만 한정되어있었는데, 밖의 미술은 정말 흥미로운 것들이 많더라고요. 한 달 동안 서울에서 열리는 모든 전시를 적어두었다가 틈날 때마다 찾아갈 정도로 열심히 봤어요. 그러다보니 만드는 것 보다는 보는 것에 더 흥미를 느끼게 됐어요. 전시장에 가면 대체로 의도가 아리송한 작품이 놓여 있잖아요. 그것이 그림이든 영상이든 조각이든 마찬가지로 이해하기 어렵죠. 그런데 모든 전시장 초입에는 마치 작품을 이해할 단서를 주겠다는 듯이 작가노트나 전시 비평이 비치되어있어요. 작품의 형태를 보고 작가의 의도를 나름대로 생각해 본 다음 그 글을 읽어보는 거예요. 그러면 제 감상이 맞을 때도 있고 틀릴 때도 있는데 작품 보는 즐거움은 어느 쪽이 더 크다고 말하기는 어려운 것 같아요. 어쨌거나 미술 작품과 작품 텍스트를 오가며 작품을 보는 일은 매우 즐거운 경험이었고, 미술에서 글이라는 것이 차지하는 비중이 정말 큰 것이구나, 라고 생각했어요. 같은 작품이어도 글을 어떻게 쓰느냐에 따라 작품의 밀도가 달라지기도 하니까요. 그러면서 다시 글, 그리고 문학에 대해 생각하게 되었던 것 같아요. 점점 글을 잘 쓰고 싶다는 욕망이 커졌고, 마지막 3, 4학년 때는 거의 국어국문학과 수업에만 들어가서 소설, 시 등을 열심히 읽었고 습작을 써보기도 했어요.

그러니까 제가 미술과 문학을 함께 공부하게 된 계기는, 창작자가 되고 싶다기보다는 충실한 관람객, 독자가 되고 싶은 마음에서 시작된 것 같네요. 선생님 말씀에 빗대자면 저에게 두 가지는 '전시'를 이루는 짝꿍 같은 느낌이랄까요. 역시나 대학원에서 본격적으로 문학을 공부하게 되면서 그보다는 더 넓고 풍성한 세계가 있다는 것을 알게 되었지만요.
제 이야기 어떠셨어요? 선생님이 생각하시는 미술과 문학은
어떤 것인지요? 각 장르의 영역에 대해 생각해보신 적이 있
으신지요? 우리가 답을 찾아가는 과정은 앞으로 어떤 여정
으로 진행될까요? 선생님의 생각이 저도 궁금합니다. 답장
기다리겠습니다.

추신. 읽다 보니 선생님께서는 '문학과 미술'이라고 쓰셨는
데 저는 시종 '미술과 문학'이라고 쓰고 있네요. 앞으로 저희
의 편지는 둘 사이의 교차점을 찾는 과정이 될 것 같아요!

신이연 드림

헤비급, 《지는싸움》, 2016, 복합문화공간 여인숙갤러리.

오빠는 바퀴를 빙 둘러서 다 까고 튜브를 끄집어내고 있었다.

나는 말하는 거, 우리말을 고대로 적으려는 거예요.

그럼에도
'경계'가 필요한

선생님, 반가운 편지 잘 받았습니다!

편지 수신된 시간을 보니 밤을 새운 것 같네요. 혹 답장을 적기 위해 무리한 건 아닌지 걱정되네요. 그런데 저 역시도 새벽 시간을 좋아하기에 글을 적으며 즐거운 시간을 보냈을 수도 있겠다, 생각해봅니다. 저 편한 쪽으로 해석한 것 같네요.(웃음) 집중해서 글을 써야 할 때면 새벽 시간을 놓치지 못합니다. 남들은 다 잠들고 고요한 시간, 나만을 위한 불을 밝히고 글을 쓸 때는 특별한 기분에 사로잡히기도 합니다. 그래서 새벽 시간에 글이 더 잘 써지기도 하고요. 선생님도 그러신가요?

문득 메일 수신함을 보니 이제 막 시작된 우리의 편지가 새삼스럽습니다. 언젠가부터 메일을 '공적인' 연락 수단으로만 썼거든요. 필요한 서류를 제출하고 받고 또는 어딘가에 지원하고, 합격이나 불합격의 통보를 받는 등의 수단으로 말이죠. 그래서 메일함에는 '공적인 메일'만 가득합니다. 가까운 사람끼리 메일로 안부를 묻기에는 요즘 SNS가 잘되어 있기도 하고, 가족들과는 전화를 이용하니 메일을 개인 연락으로는 사용하지 않게 되더라고요. 예전에는 가까운 사람들과 메일로 많은 이야기를 주고받았던 것 같은데 말이에요.

오늘 아침에 눈 뜨자마자 습관적으로 메일함을 열었는데 수많은 서류 사이로 선생님의 편지가 자리하고 있었어요. 반가운 마음에 입꼬리를 씰룩거리며 조금 웃었던 것 같기도 합니다.

선생님의 글을 읽어 내려가는데 선생님의 조곤조곤한 목소리가 옆에서 들리는 것 같았답니다. 그런데 그 조곤조곤한 목소리로 중요한 질문을 여러 개 던져주셔서 오늘 하루 머릿속이 끊임없이 복잡했습니다. 나쁜 의미는 아니에요! 생각거리가 많아서 정말 좋았어요. 둘 다 문학과 미술(혹은 미술과 문학)을 공부하기에 굉장히 많은 부분이 겹칠 것으로 생각했는데 그보다 우리는 대칭의 자리에서 상대를 바라보고 있는 것에 가깝더라고요. 선생님의 시작이 미술이었다는 점, 그리고 미술에서 문학을 생각했다는 점이 신기했어요. 이건 정말 저와는 완전한 반대잖아요!

특히 문학 작품을 전시관에 둔다면 그것은 문학일까, 미술일까 하는 질문은 정말 생각지도 못했던 부분이라 머리가 징 하고 울렸습니다. 전시장 안에 문학 작품이 들어갈 수도 있다는 생각을 하지 못했거든요. 그러니까 '글'은 전시 작품을 비평하거나 소개해주는 것이지 그 자체로 전시가 될 수 있다는 생각을 하지 못했습니다. 물론 작가의 생애를 조망하거나 문인들의 세계를 다룬 전시는 있지만, '전시를 위해 쓴 글'은 '시화詩畫' 외에는 생각해보지 않았거든요. '시화'도 그림이 함께이니 더 그랬고요. 그런데 미술은 언제든지 책 속으로 들어왔어요. 표지화나 삽화 같은 그림들을 문학적으로 분석하고, 화가들이 쓴 글은 언제든지 문학이 되기도 했으니까요. 철저하게 문학 중심의 사고였죠.

선생님의 질문을 듣고 보니 제 생각 속 '글'은 전시장 밖에 존재했던 것 같아요. '글'이 미술이 될 거란 생각을 하지 못했으니까요. 스스로 문학을 예술의 밖으로 밀어내고 있었던 건 아닌지 반성해봅니다. 선생님이 작품을 이해하는 데 '글'이 중요한 역할을 했다고 하는데 저는 전시장 내에서의 그림과 그 밖의 글을 따로 생각하고 있었더라고요. 조형적 관점에서 문학이 미술 작품이 될 수 있으려면 어떻게 하는 것이 좋을까요. 아니, 조형적으로 구성하면 그것은 미술이 될 수 있을까요? 미술 안에서도 많은 것이 복합되는 시기라 더 그런 거 같습니다. 선생님의 질문을 받고 나서야 제가 이쪽으로 생각해보지 않았다는 생각이 들었어요. 확실히 미술의 관점으로 세상을 보는 것이 부족했던 것이죠. 시인이 전시장에 전시를 위한 글을 쓴다면 그것은 문학일까요? 미술일까요?

이 질문에 답하기 위해 자신에게 "문학과 미술의 경계를 나눌 필요가 있을까?"라는 질문을 던져봤습니다. 그런데 두 장르의 경계를 생각하기 위해 전시장에 진열되는 '시'를 문학으로 보느냐, 미술로 보느냐는 질문은 역설적이게도 문학과 미술을 분명하게 구분하는 일이 되었습니다. '시'가 전시장에 진열된 것을 굳이 문학이라고 혹은 미술이라고 나눠 생각해야 할까요? 그것이 '시이자 회화'일 수는 없을까요? 선생님이 말씀하셨던 것처럼 모든 것의 경계가 허물어지는 요즘 시대에 문학과 미술이라는 장르를 굳이 나눠야 하는지 말입니다.

비교문학을 공부하면서 정말 많이, 그리고 자주 들어왔던 단어가 바로 '경계'입니다. 비교문학이라는 자체가 경계를 넘나드는 시각을 기본으로 하기 때문이죠. 특히 장르 간 비교할 때는 자주 듣기도 하고, 자주 쓰기도 하는 표현입니다. 자주 쓰기 때문에 그럴까요? '경계'라는 단어가 가지고 있을 그 무게를 깊게 생각해본 적이 없는 것 같네요. 그래서 선생님의 메일을 받고 '경계'에 대해서까지 생각해보게 되었어요.

문학과 미술을 중심으로 공부하면서 제가 제일 고심했던 부분은 바로 두 장르의 연관성이었습니다. 문학과 미술을 공부한다고 하는데 두 장르가 뭔가 연결 고리가 있어야 할 것 같은 생각 때문이었죠. 실제로 제가 창작하면서 글과 그림이 가까운 사이라고 느꼈기 때문에 더 그랬습니다. 그리고 두 장르의 연관성을 찾으려다 보니 제가 집착한 부분이 있는데 바로 '시서화일체론詩書畵一體論'입니다. 글자를 쓰는 것은 그림을 그리는 것이고 글을 쓰는 것이라는 매력적인 내용이죠. 한자가 그렇잖아요. 상형 문자니까 글자 자체를 그림이라고 할 수도, 글이라고도 할 수 있죠. 묵을 갈아 썼던 옛날에는 붓으로 글자를 썼고, 글을 쓰는 것은 그림이었고, 그림을 그리는 것은 글을 쓰는 일이었죠. 생각해보면 서양과 달리 우리는 글을 쓰는 도구가 그림을 그리는 도구에서 크게 벗어나지 않았잖아요. 글을 쓰는 붓으로 그림을 그리기도 했으니까요. 그래서 더욱 구분이 없었던 것 같아요. 글자는 글이 되고, 그림이 되는 그런 이 사상을 이어가는 것이야말로 제가 공부하고 있는 문학과 미술의 비교문학적 시각을 뒷받침해주는 일이 되기도 했습니다. 그래서 관련 글을 쓸 때, 이 사상을 우선 소개하고 시작하기도 했죠. 선생님이 제 글을 읽어보셨다고 하니 아마 아시지 않을까 싶네요. 제가 하려는 이야기에 당위성을 얻기 위함이었죠.

그런데 선생님 질문을 마주하고는 계속 생각하게 됩니다. 글과 그림이 하나였다고 하지만, 사실 일상 생활에서 글과 그림은 분리되어 있었으니까요. '시서화 일치'는 어디까지나 글을 읽고, 쓰고, 누릴 줄 알던 사람들에게 가능했죠. 일상을 살아가는 사람들에게는, 그러니까 문인文人의 고고한 정신 세계가 아니라 그림을 통해 '아름다움'을 누리고자 했던 사람들에게 그림은 그림일 뿐이었죠. 그러니 민화가 유행했던 것이겠죠? 개인이 소장할 수 있는 그림으로 말이에요.

이런 질문과 대답에 대한 꼬리에 꼬리를 잇다 보니 "굳이 문학과 미술의 경계를 나눌 필요가 있을까?"라는 질문은 "그럼에도 문학과 미술의 경계는 존재하는 것 아닐까?"라는 또다른 질문이 이어졌습니다. 어쩌면 질문을 빙자한 제 의견이기도 하네요.

경계를 지운다는 말은 내뱉어진 순간 경계를 만듭니다. 사실 진짜 경계가 없는 것에는 경계를 지우고 말고 할 필요가 없으니까요. 그러니까 경계를 지우려면 역설적으로 그 경계를 다시 확인하는 작업을 해야 하는 것 같아요. 우리가 전시장 속에 진열된 '시'를 떠올리며, 그것이 문학인지 미술인지 생각하는 것 자체가 둘 사이에 경계가 있기 때문은 아닐까 생각해 봅니다. 언어 예술과 시각 예술의 차이는 분명히 존재하죠. 여기에 저는 '문학과 미술은 친연성이 있어!'라고 우기면서 둘을 하나로 생각하려다 보니 모든 것을 문학으로 생각하고자 했던 결과가 나오지 않았나 싶어요.

근대 시기 가장 뛰어난 문장가로 알려진 이태준은 문학뿐 아니라 미술에도 굉장히 적극적으로 참여한 작가로 기록됩니다. 직접 그림을 그린 것은 아니지만, 미술 작품 전시가 있을 때면 전시회를 꼬박꼬박 찾아가기도 하고, 그걸 글로 남겼죠. 미술 비평사에서는 당시 전문적 비평가가 없었다고는 하지만, 이태준은 분명히 미술 비평가로서 활동했다고 봐요. 1931년에 쓴 미술 비평문을 보면 1930년에 경성에서 열린 모든 전시장에 참여하기도 했더라고요. 미술 논쟁이 있을 때면 열심히 참여해서 자신의 의견을 내기도 했고요.

이태준이 미술을 그렇게 사랑했던 이유는 본인이 그림 같은 글을 썼기 때문이라고 생각해요. 그림을 그리듯이 묘사하는 방법을 굉장히 중요하게 여기기도 했고요. 그래서 유독 화가들이랑 같이 어울리기도 했는데 1933년에 결성된 구인회 회원이기도 했던 이태준은 화가 단체인 목일회 회원들과 굉장히 친하게 지냈다고 해요. 그리고 그들이 함께 의견을 모아 만든 잡지가 1939년의 『문장』이죠. 정말이지 문학과 미술이 함께 어울리던 시대였죠.

그런데 그림을 그리듯이 글을 쓰며, 미술을 사랑했던 이태준은 오히려 문학과 미술의 차이를 정확히 인지하고 있었어요. 동경미술학교 출신 화가들이 모여 만든 동미회의 전시를 참여하고 난 뒤 합평기에서 이태준이 그런 이야기를 하거든요. 문학과 미술이 표현하는 방식에 차이가 있다고 말이죠. 두 장르의 차이를 명확하게 이해하고 있을 때 비로소 문학과 미술은 상호 연관성을 가질 수 있는 것이죠.

문학과 미술이 서로를 바라볼 수 있는 지점이 바로 여기에 있는 것 아닐까요. 서로가 서로의 독립된 위치에 있을 수 있기에 함께 바라볼 수 있죠. 만약 두 장르가 완전한 하나였다면 아마 둘은 서로를 바라보지 못했겠죠? 시대가 변하고 모든 것이 융합하고, 경계를 지우는 와중에도 각 장르의 고유한 무언가는 남아 있어야 하지 않을까, 조심스럽게 생각해봅니다. 유튜브나 넷플릭스의 영상이 세상을 점령한다고 해도 여전히 글자들은 사람들의 손가락 위에서 춤추고, 전시장의 그림은 눈높이를 맞추고 있으니까요.

여기까지 오고 나니 정리하고 싶네요. 제가 가장 처음 생각했던, 문학과 미술을 연구하면서 문학에 치우친 것은 아닐까 하는 질문이요. 어쩔 수 없이 저는 문학에 치중한 연구를 계속할 수밖에 없단 결론에 이르렀습니다. 처음에는 문학에만 너무 치중하고 있는 것은 아닐까 하는 반성을 하게 되었는데 한번 더 생각해보니 문학에 무게를 둘 수밖에 없겠구나, 라는 결론에 다다른 것이죠. 반성에 반성했다고 해야 할까요? 문학과 미술을 독립된 장르로 인정하고 서로를 바라보기 위해서라면 저는 결국 문학에 무게를 실을 수밖에 없다는 생각이 들었습니다.

선생님.

선생님의 질문으로 저는 오늘 많은 생각을 할 수 있었어요.
문학과 미술을 함께 공부하고 있지만, 정작 가장 기본이 되
는 지점에 대해 생각해보지 않았다는 깨달음을 얻었네요.
그래서 말인데 전시장에 있는 '시'는 문학이냐, 미술이냐가
아니라 '전시장에 전시된 문학 작품'이라고 할 수 있지 않을
까요? 두 장르의 차이를 어떻게 생각하시는지 듣고 싶어요.

추신. 저는 '문학과 미술'이라고, 선생님은 '미술과 문학'이
라고 했다는 부분이 재미있었어요. 정말 그렇더라고요. 아
무래도 저는 문학에, 선생님은 미술에 방점을 찍지 않았나
싶어요. 그래서 말인데 선생님이 생각하는 '문학'이나 '미술'
은 어떤 것인지 알려주세요. 전시장이라는 현장에서 바라보
는 미술과 문학은 어떤 모습일지 궁금하네요.

강정화 드림

미술관에 전시된 시詩,
문학일까? 미술일까?

안녕하세요. 귀한 편지 잘 받았습니다!

이른 새벽 선생님께 메일을 띄우고는 마치 전보를 보낸 기분이었습니다. 모스 부호 말이에요. 소리의 간격으로만 메시지를 전한다는 게 꽤 낭만적이잖아요? 하지만 늘 궁금하기도 했어요. 분절된 음성은 발신자의 메시지를 수신자에게 얼마나 잘 전달할 수 있을까 하는 것이요. 아마 기술 특성상 발신자가 전하고자 했던 세부적 정보, 감정적 뉘앙스 등 많은 부분이 누락돼 도달하겠죠? 그러니 이야기를 받는 건 온전히 수신자의 몫으로 남겠네요. 그의 해석을 믿어보는 수밖에…. 저 역시 그랬습니다. 선생님께 편지를 보내놓고는 다소 낙관적 심정이 되었더랬어요. 내가 말하려 했던 이야기를 제대로 전하지 못했으면 어쩌나 하는 염려가 컸지만,

그럼에도 선생님만큼은 왠지 제 생각을 철석같이 알아 들어 주실 것만 같은 막연한 믿음이 공존했달까요. 참 새삼스러운 경험이었습니다.

맞아요. 선생님 말씀처럼 저도 그동안 메일을 통해 여러 일을 처리하면서 늘 빠르고 정확하게 소통해야 한다는 강박이 있었던 것도 같아요. 그런데 마치 그 옛날 마니또 같은 선생님의 편지가 메일함 사이로 불쑥불쑥 끼어드는 것을 보고 저도 자꾸 실없이 웃게 됩니다. 그리고 그 웃음 너머에는 생각지도 못한 질문들이 '미술'과 '문학'(혹은 '문학'과 '미술')의 양 끝에 서서 우리를 묵직하게 내려 보는 것만 같아 두렵기도 또 설레기도 합니다.

편지를 다 읽고 나니 제가 처음부터 너무 난해한 질문을 드렸던 것 같네요. 그래도 질문에 대해 생각하는 시간이 즐거우셨다니 다행입니다. 사실 전시장에 놓인 시집이 문학이냐, 미술이냐에 관한 화두는 정답 없는 문제 같은 것이잖아요. 결국 누가 이 고민을 더 치열하게 했는가, 그리고 고민의 과정을 얼마나 더 정확하고 섬세하게 기록했는가에 따라 답에 한 발짝 더 근접할 수 있을 뿐이죠. 이런 문제일수록 답을 찾으려 하기보다는 여러 질문을 통해 설득력을 갖추는 방식으로 핵심에 다가가야 한다고 생각해왔어요. 그런 면에서 선생님께서 들려주신 '문학과 미술의 경계'에 대한 이야기는 요 며칠 동안 제 머릿속을 어지럽게 했습니다. 저 또한 나쁜 의미는 아닙니다. 정말이지 '우문현답'이었다고 생각해요!

문학과 미술의 비교라는 비교문학을 공부하기로 마음먹고 얼마 지나지 않았을 때, 선생님께서 쓰셨던 '시서화일체론'을 읽고 무릎을 탁! 쳤던 기억이 있습니다. 왜냐면 저는 여태껏 글과 그림이 하나였다는 생각을 단 한번도 해본 적이 없었거든요. 그림의 형태를 가졌다고 하더라도 한자는 어디까지나 '문자(글)'고, 시화는 결국 시가 곁들여진 '화(그림)'라는 생각을 분명하게 갖고 있었던 것 같아요. 아마 이런 전제가 이미 있었기 때문에 '시'를 전시장으로 옮겨오는 방법으로도 여전히 '시'가 시일 수 있는지, 혹시 이때는 미술이라 칭할 수 있을지 고민했던 거겠죠. 그러니까 저는 진작에 머릿속에 둘 사이의 경계를 만들어둔 후에 작품이 갖는 시간과 공간, 그리고 매체를 교차하면서 이렇게 해도 두 경계는 유지되는가? 그럼 이렇게 하면 어떨까, 이때 경계는 지워지는가? 강화되는가? 만약 어떤 조치 때문에 경계가 지워지거나 강화된다면 그 미학적 의미는 과연 무엇일까 등의 고민을 지속해왔던 거예요.

그런데 만약 글자를 쓰는 것이 곧 그림을 그리는 것이고, 글을 쓰는 것이라는 '시서화일체'의 방법론으로 미술과 문학을 연구한다면 이전과는 전혀 다른 방법론으로 두 장르에 접근할 수 있게 되잖아요? 심지어 두 장르를 경계 짓지 않고 대상을 하나의 예술작품으로서 온전히 바라볼 수 있게 되는 것이죠. 두 장르의 경계 문제를 두고 어떻게 해결해야 할지 몰라 지쳐가던 시점에 만난 선생님의 '시서화일체론'은 앞으로 제가 이어갈 비교문학 연구의 새로운 실마리를 마련해줄 것만 같아 말할 수 없이 반가웠습니다.

그리고 오늘 다시 선생님의 편지를 마주하고 나니 저 또한 많은 생각을 하게 되네요. 미술과 문학의 비교문학적 연관성을 찾는 것에 너무 골몰한 나머지 제가 두 장르의 차이점과 공통점을 성급하게 단정 지으려 했던 것은 아닐까 반성도 되고요. 게다가 앞서 애초부터 글과 그림을 전혀 다른 장르로 인식했다고 말했지만, 정작 그렇게 판단한 이유에 대해서는 생각해보지 않았다는 것도 깨닫게 됩니다.

선생님 말씀대로 전시장에 놓인 시는 꼭 문학이냐, 미술이냐가 아니라 '시이자 회화(문학이자 미술)'일 수도, '전시장에 놓인 문학 작품'일 수도 있는 것인데 말이에요. 저 역시 미술과 문학 사이의 친연성을 찾겠다고 우기면서 어쩌면 모든 것을 미술(속)에 깃든 '문학성'으로 치환하려 했던 것은 아닌가 싶습니다.

널리 사랑받는 초현실주의 화가 르네 마그리트René Magritte의 작품 〈이미지의 배반 La trahison des images〉(1929)에는 이런 문장이 새겨져 있어요. "이것은 파이프가 아니다Ceci n'est pas une pipe." 마그리트는 이 문장을 일부러 파이프 그림 아래 위치해 '파이프 이미지'와 '실제 파이프'를 아무런 의심도 없이 동일한 대상으로 받아들였던 관람자에게 말을 겁니다. 외관은 같지만 그림 속 파이프는 작가에 의해 새롭게 표현된 '이미지'일 뿐이지 대상 그 자체는 아니라는 것을 알려주고 싶었던 거죠. 미술 작품이라고는 하지만 마그리트는 그림을 통해 그저 '아름다움'을 선사하고자 했다기보다는 그림을 매개로 자신이 전하고자 하는 메시지를 관객에게 전달하는 것에 더 주안점을 뒀던 거예요. 마그리트 이후의 대부분의 미술 작품, 이른바 현대 미술이라 불리는 작품은 대체로 이와 유사한 성격을 갖고 있죠. '아름다움을 유발하는 어떤 물건'의 역할을 뒤편으로 살짝 제쳐뒀으니 이제 전면으로 드러나는 것은 작품을 그린 작가, 그리고 그가 전하고자 한 메시지, 그에 부합하는 색이나 형태와 같은 시각 이미지, 그리고 시각 이미지를 해독하는 관객의 관점이 됩니다.

제 공부의 시작이 미술이어서 그런지 이런 방식의 작품 독해는 문학 작품을 볼 때도 지속되었던 것 같아요. '전시장에 전시된 시'의 문제라면 저는 그 작품이 시의 형식을 갖췄다고 해서 문학인 것이 아니고, 전시장에 가 있다고 해서 미술인 것도 아니라는 결론에 도달하고 있습니다. 그러니까, 미술이냐 문학이냐 하는 문제는 결국 작가의 '의도'에 기대어 결정되는 문제가 아닐까요?

예컨대 만약 어떤 작가가 그의 시편들을 전시장 바닥에 흩어 놓음으로써 문학이 가진 권위에 도전하고자 시도했다면 그의 의도와 메시지는 분명한 것이고 이럴 때 전시장에 놓인 시는 문학의 형식을 갖고 있음에도 미술로 읽힐 수 있을 것 같아요. 반대로 시집이 전시장에 놓여 있다고 해서 무조건 미술이 되는 것은 아니겠죠. 작가가 자신의 정서나 메시지를 문자 언어의 형식인 시로써 전달하고자 기획했다면 이는 선생님의 말씀처럼 '전시장에 전시된 문학 작품'이라고 봐도 무방하지 않을까요?

선생님께서는 전시장에 놓인 시가 문학일지, 미술일지에 대한 답을 구하는 과정에서 자신에게 "굳이 문학과 미술의 경계를 나눌 필요가 있을까?"라고 질문하셨죠. 그 생각의 뒷받침으로써 '시서화일체론'을 말씀하셨고요. 그런 다음 "그럼에도 문학과 미술의 경계는 존재하는 것"으로 봐야 하지 않을까라는 제안으로 나아가셨습니다. 우리는 이 부분에서도 거울을 마주 보고 선 모양새네요. 제 경우 분명 처음에는 문학과 미술의 연관성을 밝히기 위해 "문학과 미술 사이에는 분명한 경계가 필요하다"고 생각했던 것 같습니다. 그러나 시간이 갈수록 미술과 문학 간 경계의 존재를 인정한다기보다는 작품을 만드는 작가의 의도에 따라 그 경계는 이쪽에서 저쪽으로 옮겨갈 수도 또 생겨나거나 사라질 수도 있다는 생각이 듭니다.

그런데요 선생님, 비록 좌우가 뒤집힌 채로 움직여도 거울 속의 나는 나와 똑 닮았잖아요? 선생님의 편지를 곱씹어 읽어 보니 우리는 여러 다름 속에서도 결국 같은 지향점을 공유한다는 생각이 듭니다. 두 장르의 영역을 고유하게 구분하든 그렇지 않든 간에 문학과 미술은 나름의 영역에서 서로 영향을 주고받으며 예술이라는 이름 하에 서로 상생할 수 있다는 믿음이요!

저도 정리해보겠습니다. 문학과 미술을 연구함에 있어 저는 확실히 미술 쪽으로 치우쳤던 것 같아요. 하지만 그렇다고 해서 이제와 문학에 치중한 연구를 시도할 수는 없다는 생각에도 도달했어요. 문학과 미술의 장르적 특성을 이해하고 서로를 상생하는 의미를 이끌어내기 위해서라면 제 경우 미술에 좀 더 무게를 둘 수밖에 없다는 생각입니다. 하지만 '미술'에 무게를 둔 비교문학 연구라니 너무 막연한 얘기여서 아직은 버겁게 여겨지네요.

그래서 말인데요. 선생님, 다음 편지에서는 선생님께서 문학과 미술 연구가 꼭 필요하다고 느끼신 순간에 대해 말씀해주실 수 있을까요? 무려 강산이 변하는 시간에 문학과 미술을 주제로 사람들을 만나오신 분이니까요!

그럼 반가운 답장 기다리겠습니다.

신이연 드림

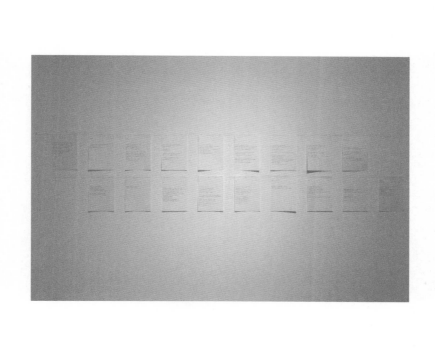

헤비급, 《빅스윙》, 2017, 합정지구(사진·홍철기).

결합의 조건과 차이

- 凹와 凸의 만남

선생님, 잘 지내셨나요?

벌써 세 번째 편지네요. 몇 번뿐이지만, 편지로 선생님의 생각을 조금 엿보아서 그런지, 선생님과 조금은 특별해진 사이가 된 기분도 들어요. 우리 편지를 나누는 동안은 얼굴 한 번 보지 못했는데 말이에요. 글자들 사이에 선생님의 생각을 읽어내고, 또 그 생각 안에서 제 생각을 발전하는 이 과정이 너무나 좋습니다. 편지를 보내기를 잘했다는 생각이 드네요. 그래서 말인데 언제 같이 전시 보러 가면 어떨까요? 전시를 보고 난 뒤에 생각이 어떻게 다른지도 얘기해보고 싶고요. 사실 전시 핑계를 대고 선생님과 한 번 만날 자리를 기대하고 있는지도 모르겠습니다.

저번 편지에서도 많은 생각이 들었습니다. 여전히 무엇이든 문학적으로 접근하는 저와는 달리 미술의, 특히 전시장에 전시하는 작가의 관점에서 접근하는 선생님을 보니 새롭고 좋습니다. 저는 문학과 미술의 경계가 분명히 존재한다고 생각했는데 선생님의 이야기를 듣고는 또 언젠가 이 두 장르의 구분이 무의미해지는 날이 올 것 같다는 생각도 하게 되었고요. 맞아요. 선생님 말씀처럼 작가의 의도에 따라 달라질 수도 있겠죠. 사실 이 모든 것이 독자를 향해 있다면 그것이 어떤 '장르'임이 무슨 의미가 있을까 싶기도 하네요. 예술 작품을 창작하는 것도 사람이지만, 또 구분하는 것도 사람이니 우리가 어떻게 접근하느냐에 따라 달라질 수도 있겠다는 생각이 듭니다. 예술하는 사람이나 받아들이는 사람이나 그 감정에 초점을 맞춰야 하죠. 우리는 결국 예술을 이야기하는 것이니까요.

선생님께서 마지막에 주신 질문에 대해서 곰곰이 생각해봤습니다. 문학과 미술을 함께해야 할 이유에 대해서요. 제가 두 장르를 함께하는 것에 재미를 느끼는 것이 내면의 이유라면, 외면의 이유는 무엇인지 생각해보게 되더라고요. 이 공부를 해야만 하는 제 자신의 이유야 군이 누군가를 설득할 필요가 없지만, 이것이 제가 꼭 연구해야 할 학문이 되고 앞으로 계속 공부해야 할 영역이라면 다른 사람들에게도 두 장르를 함께해야 하는 것에 대해 설명할 근거가 있어야겠다는 생각이 들었어요. 저 혼자만 읽고 즐거운 게 아니라 교류 양상을 연구하고 결과물을 내는 과정이 있으니까요. 영화, 음악, 무용 등 다양한 예술 장르가 있는데 왜 하필이면 문학과 미술이어야 할까요?

예술이 하나의 뿌리를 가지고 있다는 말을 늘 생각합니다. 처음 '예술'이 생겨났을 때를 생각하면 더 그렇죠. 그래서 문학이 반드시 미술로만 연결된다고 생각하지 않아요. 예를 들면 시는 노래였잖아요. 요즘 아이들이 빠르게 뱉어내는 노래 가사를 들으면 놀랄 때가 많아요. 어찌 보면 문학이랑 관련이 전혀 없는 듯 보이지만, 그 자체가 문학이라는 생각도 들어요. 어떻게 저렇게 표현할까, 열광하는 대중을 보며 저게 시고 노래구나, 생각해요.

수업 시간에 가끔 질문을 던집니다. 마지막으로 읽은 시가 무엇이냐고요. 그러면 학생들은 동그란 눈으로 저를 멀뚱히 봅니다.(웃음) 마치, 어떻게 그런 질문을 할 생각을 했냐는 듯이 말이에요. 그런데 노래 가사를 이야기하며 시와 연관지어 이야기하면 고개를 끄덕끄덕합니다. 강의실에 오기 직전까지 노래를 들었던 아이들이거든요. 그러니까 조금 전까지 시를 읽었던(들었던) 것이죠. '시'를 공부하던 이들은 '시'가 없어진 시대를 개탄하지만, 지금처럼 우리 주변에 '시'가 산재해 있는 시대는 또 없는 것 같은 생각도 듭니다. 어쩌면 누구나 시를 쓰고, 읊을 수 있는 지금이야말로 문학의 르네상스는 아닐까요.

또 잘 모르는 분야이긴 하지만, 문외한인 제가 봐도 춤추는 몸짓, 그 손끝에서 서사가 읽어지기도 하니 문학은 어디에나 숨 쉬고 또 문학 작품 속 어디에나 다른 예술들이 함께하고 있다고 생각해요.

그러니 굳이 왜 문학과 미술이어야 하냐는 질문에는 머리가 멍해지기도 합니다. 제 입장에서는 너무 당연한 거라 질문으로 받았을 때 뭐라고 답해야 할지 어려워요. 원래 그렇잖아요. 가장 기본적 질문이 사실 가장 어려운 법. 마치 '문학이란 무엇인가?'와 같은 질문 말이에요. 어렵다고 해서 피할 수 있는 문제는 아니고, 저만의 정의도 필요하다고 생각해요. 그래서 이런 질문에 답을 생각하며 제 생각을 정리해봅니다. 각설하고, 내 자신의 재미가 아니라 연구자로서 문학과 미술을 함께하는 이유에 대해 생각해봤습니다.

문제가 어려울 때는 아무래도 앞선 연구자들의 연구가 불빛이 되죠. 1999년에 최숙인이 비교문학 학회지에 발표한「문학과 미술의 상호조명」이라는 논문은 제가 공부할 방향을 잡는데 많은 도움이 되었습니다. 특히 서구에서 문학과 미술의 비교연구를 어떤 방법으로 진행하는지 분류한 부분이 그랬습니다. 두 장르를 비교하는 방법론이 되니까요. 최숙인 연구자는 총 여섯 가지로 영향 관계를 분석했어요.

첫 번째는 문학 작품에 나타난 회화성, 시각적 특성, 공간성 등의 탐색 연구입니다. 미술에 영향을 받은 문학 작품을 분석하는 것이지요. 두 번째는 문예 사조, 예술 형식의 구조적 원리, 표현의 양식적 특성을 규명한 연구입니다. 미술사나 문학사에는 이른바 '사조'라는 것이 존재하는데요, 이런 특성을 미술과 문학 작품에서 분석하는 것이죠. 세 번째 연구는 문학과 미술에 나타난 철학적 탐색과 미학적 구현을 추구하는 연구입니다. 요즘 말로 한다면 작품 속 세계관이 어떻게 미학적으로 구현되어 있는지 찾아보는 것이 되겠네요. 그리고 네 번째는 문학과 미술의 모티프와 주제사 연구입니다. 문학과 미술이라는 장르의 유사성을 찾아보는 것이라기보다는 형식을 통해 어떤 모티프를 가지고 있는가를 분석하는 연구가 됩니다. 그리고 다섯 번째는 문학의 원천으로 회화의 영향 연구와 실증적 고증 연구인데요. 이는 예술의 영향 관계를 좇는 연구가 되겠습니다. 마지막으로 여섯 번째는 문학가와 화가의 생애와 작품을 연관한 연구인데요. 이와 같은 연구는 한국에서도 자주 사용되는 방법론 중 하나입니다.

엄청 복잡하죠? 작품과 작품의 영향, 작품과 그 시대의 영향, 화가와 문인의 영향, 그리고 그 안에서 내용과 형식의 분류, 직접 영향과 간접 영향 등 엄청 많은 경우의 수를 봐야 하기 때문에 칼로 자른 듯 명확하게 갈리는 부분은 아닙니다. 그걸 최숙인 연구자도 "각각의 특성이 서로 교차되어 나타난다."고 명시해 놓기도 했고요.

이 논문이 발표되던 시기에는 (어쩌면 지금까지도) 서구의 연구가 더 많았기에 저렇게 세분화되었는데요. 한국 경우도 물론 존재합니다. 우리의 경우에는 고전 문학과 현대 문학으로 크게 나눌 수 있다고 봤어요. 그러니까 조선 시대를 포함한 이전 시대까지 글과 그림을 함께했던 연구를 살펴보는 연구와 근대 이후의 상호 관계를 조망하는 연구가 있는 것이지요. 저는 두 부류로 따진다면 근대 이후의 시기를 살펴보는 것이 되겠죠.

이왕 이전의 연구를 들춰보는 김에 고트홀트 에프라임 레싱 Gotthold Ephraim Lessing의 『라오콘Laokoon』을 다시 꺼내 읽었어요. 제가 하고자 하는 공부를 좀 더 명확하게 정의하고 싶기도 했고요. 우리가 계속 얘기했듯이 문학과 미술은 친연성이 있습니다. 그런데 "그래서?"라고 묻는다면 갑자기 말문이 턱 막혀요. 두 장르가 친연성이 있고, 비교하려고 하는데 막상 "왜" 그래야 하는지를 설명하려고 하면 어려워지거든요. 그래서 이런 경우 저는 두 장르의 공통점보다는 차이점에 집중하려고 노력하는 편이에요. 공통점이야 차고 넘치니 차이점을 통해 살펴보는 것이죠. 두 번째 편지에서 이야기했던 것처럼 두 장르의 경계를 지우려는 것 자체가 두 장르의 경계를 형성한다고 생각했거든요. 두 장르가 명확한 경계를 가지고 있다면 그 차이점은 무엇일지 생각해봅니다.

'라오콘'은 유명한 트로이전쟁에 나오는 인물입니다. 트로이성을 함락하기 위해 공격을 가하던 그리스 연합군은 도저히 진도가 나가지 않자 거대한 목마를 만들어 섬에 두고 퇴각하는 척 빠지게 되죠. 그 안에 병사들을 잔뜩 심어놓고 말이에요. 이게 그 유명한 '트로이 목마'잖아요. 이 단어를 처음 접한 건 아주 어릴 적 어깨 너머로 들은 컴퓨터 바이러스 이름에서였어요.(오빠가 컴퓨터를 전공했거든요.) 나중에 신

화의 이야기를 알고 나서는 정말 찰떡 같은 비유라며 놀라기도 했습니다. 어쨌든 트로이의 왕자였던 라오콘은 그리스 연합군이 두고 간 의심스러운 트로이 목마를 처리해야 한다고 주장하며 목마 옆구리로 창을 던집니다. 그런데 그 순간 바다에서 거대한 두 마리의 뱀이 나타나 라오콘과 그의 두 아들을 칭칭 감고, 라오콘과 두 아들은 죽음에 이릅니다.

이 이야기를 토대로 기원전 1세기 아게산드로스, 폴뤼도로스, 아테노도로스는 공동으로 〈라오콘 군상〉을 만들었다고 해요. 우연히 발견된 이 조각상은 지금 바티칸박물관에 전시되어 있어요. 그리고 정말 감사하게도 이탈리아로 여행할 기회가 있었고, 바티칸에 가서 직접 보는 영광을 누리기도 했습니다. 이탈리아의 엄청난 햇빛에 피부가 알러지를 일으킨 뒤라 온몸에 스카프를 친친 감고 있었더랬죠. 그래서 사진과 동영상을 많이 남기지 못한 아쉬움이 남네요. 이렇게 글로 뭔가를 써낼 거로 생각했다면 좀 더 열심히 보고 사진으로 기록해둘 걸 그랬어요. 특히나 지금처럼 여행이 어려운 시기에는 더욱 아쉬워지네요. 언젠가 다시 보러 갈 날이 오겠죠?

사실 저는 〈라오콘 군상〉을 보며 '그 시기에 정말 정교하게 잘 만들었네' 정도의 생각에 그쳤는데 확실히 그 시대 사람들이 더 깊은 통찰력으로 작품을 들여다본 듯합니다. 독일 고고학자 빙켈만Johann Joachim Winckelmann은 『회화와 조각에서 그리스 작품의 모방에 관한 생각』이라는 책에서 〈라오콘 군상〉에 대한 극찬을 남깁니다. 그것은 라오콘이 극심한 공포와 고통에 시달리면서도 절제된 표정으로 표현되었다는 점에 중점을 두고 있어요. 신체의 모든 근육과 힘줄을 통해 고통이 드러나지만, 표정은 그렇지 않다는 것이었죠. 생각해보세요. 온몸이 고통으로 휘감겨 있는데 표정은 그렇지 않다니 그 안에서 어떤 절제를 찾았던 것이죠. 그래서 빙켈만은 이것을 '위대한 영혼의 표현'이라고 말합니다.

하지만 레싱의 생각은 달랐어요. 라오콘 조각의 표정이 '고통'보다 '절제'에 있을 수밖에 없는 것은, 미술이 그 순간의 미美를 그려내야 하는 점에 있기 때문이라고 말하죠. 미술은 수많은 순간 중 어느 한순간을 캐치해야 하죠. 그런데 문제는 미술은 미, 그러니까 '아름다움'을 표현해야 한다는 점에 있다고 해요. 진짜 고통과 괴로움은 미적 기준에 맞지 않았다는 것이죠. 그래서 레싱이 봤을 때 〈라오콘 군상〉은 일부러 절제된 표정으로 표현한 것이 아니라 그렇게 할 수밖에 없었다고 해석합니다. 반면 문학은 시간이 흐르는 것을 그대로 표현할 수 있기에 미술보다 우위에 있다고 말하죠. 일종의 문학과 미술의 우위 논쟁입니다.

아름다움을 표현해야 하는 미술에서 라오콘의 진짜 고통스러운 표정을 잡아내는 것이 문제라고 생각했을까요. 고개가 갸웃거려지지만, 요즘 동영상의 순간 캡처를 생각하면 또 이해되는 부분이기도 합니다. 우리 몸은 진짜 신비롭고 아름답잖아요. 근육의 표현과 몸의 형상을 생동하게 표현했는데 그렇지 않은 표정이라면, 어쩌면 창작자 입장에서 온전한 완성이라고 할 수 없었을 것이란 생각도 듭니다.

물론 레싱은 문학과 미술이라는 장르의 경계에 있어서 문학의 우위를 이야기하고자 이런 이야기를 꺼낸 것이었죠. 이전까지 문학보다 시각 예술인 미술이 더 우위에 있다는 논쟁이 계속됐으니까요. 이에 반박하기 위해 미술의 속성과 문학의 속성을 차이를 기준으로 한 선상 위에 올려둔 것이었습니다. 그러면 이런 논쟁은 무슨 의미가 있을까요? 미술이 우위에 있거나 문학이 우위에 있는 것을 따지는 것이 정말 필요한 일이었을까요?

자문자답을 먼저 해보자면 "그렇다"입니다. 이런 장르의 비교 혹은 우위 논쟁을 파라고네paragone라고 합니다. 파라고네의 의미 자체가 '비교'로, 문학과 미술뿐 아니라 음악이나 연극 등 다른 장르를 함께 다루기도 합니다. 지금의 시각으로 볼 때, 다 같은 예술을 누가 더 훌륭하니, 누가 더 완벽하니 논쟁을 벌이는 일이 어쩌면 조금 치졸하게 느껴지기도 합니다. 그런데 이런 논쟁은 아주 중요한 지점을 갖죠. 바로 비교를 통해 서로의 특성을 구체적으로 파악할 수 있다는 것입니다. 대상이 되는 예술을 아주 섬세한 언어로 묘사하는 에크프라시스ekphrasis가 수사법의 하나로 발전되어 온 것처럼 말이에요.

다시 레싱으로 돌아오면 저는 그가 '시간'을 중심으로 문학과 미술을 비교한 것에 영향을 받았습니다. 그것이 정말 문학을 우위에 두려는 것이 아니라 둘 사이의 차이점을 명확하게 보여주는 것이었기 때문이에요. 제 생각에는 그렇습니다. 레싱에 의견에 동의해 문학이 미술보다 더 긴 시간을 작품 안에 가질 수 있다고 보지만, 또 시각 예술이 단시간에 감상자의 눈길을 사로잡는 영향력도 못지않게 중요하다고 말이죠. 레싱이 지적한 것처럼 예술은 아름다움을 그려내야 한다는 특성은 현대 시대에 와서 어느 정도 극복되고 있는 것 같기도 하고요. 이제 추醜도 악惡도 아름다울 수 있는 시기잖아요.

또 다른 이야기지만, 이제 미술 안에서 시간을 갖는 일이 불가능한 것도 아닙니다. 영상 속에서 우리는 문학 안에서 느꼈던 시간을 느낄 수 있게 되니까요. 전시장 안에서도 영상을 틀어놓아 공간과 시간을 함께 점유하기도 합니다. 그러니 굳이 거대한 뱀이 라오콘의 몸을 휘감을 때 느꼈던 괴로움의 순간을 포착하지 않아도 되죠. 지금의 전시장을 레싱이 돌아보게 된다면 어떤 반응을 보게 될까요? 많은 변화가 있는 세상에서 변화하는 예술에 관한 생각을 다시 해봐야 하는 때인 거 같습니다.

어쨌든 시인과 화가는 서로 끌릴 수밖에 없는 구조라고 생각해요. 레싱이 말하는 것처럼 문학과 미술은 우리 눈앞에 없는 것을 마치 있는 것처럼 만들어주는 마법을 부리기 때문에 더 그렇죠. 시간과 공간, 두 예술의 장점은 서로 보완해주는 역할을 할 수 있기 때문이기도 하고요. 문학이나 미술 작품 속 인물이 어딘가에 살아 있거나 혹은 그 장소가 실제 있는 곳처럼 느껴지게 만들죠. 이런 공통점을 바탕으로 시인은 화가의 그림 한구석에서 이야기를 찾아내기도 합니다.

예를 들면 이렇습니다. 이중섭은 우리나라의 유명한 화가 중 한 사람이죠. 이중섭을 떠올리면 당장이라도 화면을 뚫고 나올 것 같은 소의 형상이 머리에 그려집니다. 이중섭의 〈소〉 작품이 사실은 그리 크지 않다는 사실을 아시나요? 교과서에서 처음 작품을 보고 굉장히 인상적이어서, 막연하게 큰 그림일 거라 생각했어요. 그런데 덕수궁 미술관에서 처음 마주한 그의 작품이 생각보다 너무 작아서 너무 놀란 기억이 있습니다.

또 그의 작품은 대부분 힘이 넘치거나 아름답고 천진난만합니다. 모두 행복한 때를 그려내는 것 같아요. 하지만 그의 삶과 연결해 본다면 그리 행복한 작품이라고만 할 수도 없습니다. 전쟁 중 병을 얻은 아들을 마음의 바다 깊은 곳에 묻고, 가난과 질병 속에 더는 함께 할 수 없는 아내와 남은 아이들을 바다 너머 먼 곳으로 보내야만 했기 때문이죠. 교과서에 실린 이중섭 평전에서 아내를 다시 만나러 갈 것이라 꿈꿨지만, 곁을 지키는 이 하나 없는 병원에서 쓸쓸하게 눈을 감아야 했던 이야기를 읽으며 콧잔등이 시큰했던 기억이 납니다.

일본에서 만나 조선으로 데려온 아내를 다시 일본으로 보내야만 했을 때 그의 심정은 어떠했을까요? 사랑하는 아이를 지켜주지 못한 심정은 짐작조차 하지 못하겠습니다. 그런 그는 이런 슬픔을 캔버스 속에 그려내지 않고 밝고 아름다운 그림을 그려냈어요. 사실 이중섭의 작품에서 제일 유명한 소재는 '소'잖아요. 금방이라도 뒷발을 구르며 캔버스 밖으로 튀어나올 것 같은 소의 인상적인 활력이 그를 대표하는 작품이 됩니다. 그리고 그다음으로는 아이들을 주제로 한 그림이죠. 복숭아를 들고 있거나 바다에서 즐겁게 노는 천진난만한 아이들을 보면 절로 미소가 나오기도 해요.

그래서 이중섭을 주제로 한 시를 살펴보면 '소'와 함께 '아이들'이 자주 등장합니다. 아무래도 화가가 많이 그려내고 있어서겠죠? 이중섭을 주제로 한 시를 모아 1987년에 발간한 시집 『이중섭』에 실린 시를 한번 살펴볼까요?

몇십 년 전의 아름다운 이중섭의 미소를
타고서 진짜 소, 진짜 바다, 진짜 아이들과
진짜 진짜 천도화나무도 소리없이 기어가서
달밤에 달밤에
천도화와 소와 달과 까마귀 까마귀를 데리고 놀다가
다시 아름다운 연기가 된 이중섭의 미소를 타고

돌아와 벽에 걸린다

— 김선영, 「누구네 이중섭 그림」 부분

김선영의 시 「누구네 이중섭 그림」은 이중섭의 그림 속 제재들이 밤이 되면 살아난다는 동화적 상상력을 품고 있어요. 이중섭이 그려낸 대상들은 밤이 되면 살아 나와 밤새워 놀다가 다시 그림으로 돌아간다네요. 생각만 해도 귀여운 장면입니다. 그런데 여기에서 주목할 점은 시인이 짚어내는 그의 제재들, 즉 '소, 아이들, 천도, 달, 까마귀' 등 이중섭의 작품에서 실제로 많은 부분을 차지하는 제재들만 열거하지 않다는 것이에요. 시인은 '진짜 소'와 '진짜 아이들' 사이에 '진짜 바다'를 끼워 넣음으로써 이중섭의 '바다'를 언급하고 있어요.

흥미로운 점은 김선영 시인뿐 아니라 다른 시인들도 '바다'를 많이 언급한다는 것이에요. 이중섭을 주제로 총 8편의 연작시를 썼던 김춘수도 그의 '바다'를 주요 배경으로 삼고 있어요.

서귀포의 남쪽/ 아내가 두고 간 바다,/
게 한 마리 눈물 흘리며, 마굿간에서 난/

두 아이를 달래고 있다.

—「이중섭 2」 부분

바람아 불어라./ 서귀포에는 바다가 없다./ 남쪽으로 쓸리는/ 끝없는 갈대밭과 강아지풀과/ 바람아 네가 있을 뿐/ 서귀포에는 바다가 없다./ 아내가 두고 간/ 부러진 두 팔과 멍든 발톱과/ 바람에 네가 있을 뿐/ 가도 가도 서귀포에는/ 바다가 없다./ 바람아 불어라,

—「이중섭 3」 전문

오륙도를 바라고 아이들은/ 돌팔매질을 한다./ 저무는 바다./ 돌 하나 멀리멀리/ 아내의 머리 위 떨어지리라.

—「이중섭 4」 부분

잠깐만 살펴봐도 이중섭을 대상으로 하는 작품들이 '바다'를 배경으로 한다는 사실을 알 수 있죠. 그런데 김춘수가 그려내는 바다를 보니 하나같이 저물고 있네요. 아내는 바다를 두고 갔고, 가족과 함께 살았던 서귀포의 바다는 이제 없습니다. 이중섭이 그려냈던 아름답고 천진난만한 그림 속 배

경이었던 바다가 김춘수 시인의 언어에서는 슬픔이고 어둠으로 그려지고 있네요. 왜 그럴까요? 어쩌면 이중섭이 의도적으로 숨겨뒀을지도 모르는 이야기 아니었을까요? 이 빈 공간 속에서 시인들은 앞, 뒤의 이야기를 만들어내고 그 안에서 새로운 작품을 창작해내는 것이죠.

이중섭과 그에 영향을 받은 시인들만 이야기해서 그렇지 이것의 반대가 되는 것도 가능하겠죠? 마치 김광섭의 시 마지막 구절에서 영감을 얻어 작품 제목으로 사용했던 화가 김환기의 작품 〈어디서 무엇이 되어 다시 만나랴〉처럼 말이에요. 밤하늘에 반짝이는 별을 보며 쓴 김광섭의 「저녁에」를 읽은 김환기는 자신의 작품 제목을 시의 마지막 구절로 짓습니다. 한 점點의 별을 그릴 때마다 그리운 사람들을 생각했던 것일까요?

저렇게 많은 별 중에서
별 하나가 나를 내려다본다
이렇게 많은 사람 중에서
그 별 하나를 쳐다본다

밤이 깊을수록

별은 밝음 속에 사라지고,
나는 어둠 속에 사라진다

이렇게 정다운
너 하나 나 하나는
어디서 무엇이 되어
다시 만나랴
—김광섭, 「저녁에」 전문

이전까지 반추상 작품으로 자신의 예술 세계를 정립하던 김
환기는 1970년에 이 작품을 발표하면서 완전하게 달라진 또
다른 세계를 세상에 내놓습니다. 끝도 없는 우주에 점점이
박힌 별들이 빛나는 듯한 그림 앞에 서면 김광섭의 시에서
처럼 저 별 하나가 나를 내려다보고, 내가 또 그 별 하나를
들여다보는 것 같은 기분이 듭니다. 가족은 물론이고 모든
것에서 떠나온 김환기의 마음이 김광섭의 시구로 표현된 것
이죠. 반짝이는 별을 그렸을 뿐이지만, 제목을 통해 그가 그
리워하는 사람들을 떠올리게 만드는 것이랄까요.

라오콘에서 이중섭, 김환기까지 너무 먼 길을 돌아왔네요.
하고 싶었던 말은 이것이에요. 문학과 미술을 함께 연구해

야 하는 이유는 두 장르가 뚜렷한 차이점을 가지고 서로의 공백에 영향을 준다는 것. 시인은 화가들이 하지 못한 말을 풀어놓기도 하고, 화가는 시인이 그려내지 못한 그림을 그려내기도 해요. 실제 눈에 보이지 않는 것을 눈에 보이는 것처럼 그려낸다는 특징을 가지고 있어서 그럴까요? 문학이 그려내지 못한 것을 그림으로 그려내거나 그림이 침묵하는 이야기를 문학이 대신하는 것을 보면 두 장르가 서로에게 무한한 영향을 끼칠 수 있다는 것을 새삼 느끼게 되네요. 서로가 가지고 있지 않은 차이점을 보완하는 것 말이에요. 이 차이점이 마치 테트리스 하듯이 서로의 빈 곳에 딱 맞춰 들어가기도 하죠. 부족한 부분을 채워주는 凹와 凸 같지 않나요?

선생님, 오늘은 유독 하고자 했던 말이 잘 전달되었는지 확신이 가지 않아요. 제가 아직 생각 정리가 덜 된 것이겠죠? 그래서 조금 어수선하게 이야기를 전달한 것 같은 기분이네요. 그래도 몇 번 더 편지를 주고받다 보면 제 생각도 더 명확해질 거라 생각해요. 선생님은 어떠신가요? 제 이야기에 동의하시나요? 시간과 공간이라는 장르의 특성이 서로를 함께 끌어당기고 있다고 생각하는데 선생님은 어떻게 생각하실지 궁금하네요. 선생님은 문학과 미술을 함께 공부해야 하는 이유가 무엇이라고 생각하시나요?

강정화 드림

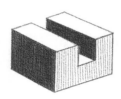

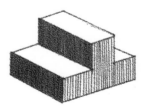

일주일

우리가 이곳을 떠나서 돌아오지 않더라도
동일한 조건만 유지 된다면 발전 시설은 계속 작동된다.
일주일 정도는 문제없다.
몇 주, 몇 달, 몇 년간, 멀쩡하게 작동된다.

헤비급,《착화점》, 2017, 인사미술공간

국립현대미술 전시를 보고
대화의 기록

강° 선생님, 정말 즐거운 시간이었어요. 갑작스러운 만남이었지만, 덕분에 덕수궁에도 다녀왔네요. 저는 덕수궁 미술관을 제일 좋아하거든요. 가는 길 내내 설레고 좋았어요. 선생님도 즐거우셨는지 모르겠네요. 전시는 괜찮았나요?

신° 네, 선생님 저도 정말 즐거웠습니다! 사실 저는 선생님 덕분에 정말 오랜만에 덕수궁미술관에 다녀왔습니다. 덕수궁은 예전 직장이었던 서울시립미술관에서도 가까운 곳인데 참 잘 안 들어가지는 그런 곳이었거든요.

강° 그렇네요. 선생님 계시던 곳 건너편에 있었던 거니까요! 선생님 계셨던 전시장도 좋아해요. 그런데 특별 전시보다는 천경자 상설 전시를 자주 봤던 거 같아요. 시립미술관

한쪽에 천경자 상설 전시를 계속한다는 건 정말 행운인 것 같아요. 그래도 덕수궁미술관을 제일 좋아해요. 혼자도 자주 갔거든요. 덕수궁미술관이 왜 좋은가 생각해봤는데 아무래도 오래된 궁이라서 그런 거 같아요. 그 공간에 있을 때면 지금으로부터 얼마나 먼 시간의 사람들이 이 공간을 공유했을까 생각하기도 하고, 괜히 아득해지기도 한 그런 기분이 들어요. 그래서 가끔은 지금 전시가 뭔지도 모르는 상태로 가고 했어요. 나중에 알게 됐는데 푸코가 '헤테로토피아'라는 개념을 얘기한 게 있더라고요. 시간이 겹쳐진 도서관이나 박물관 같은 곳에서 근대의 공간이 탄생한다는 그런 내용이었어요. 생각해보니 제가 오래된 공간을 좋아하는 이유도 그렇더라고요. 시간이 차곡차곡 쌓여 있다고나 할까요. 어쨌든 선생님과 전시관을 가고 싶다고 생각하고 찾아봤는데 마침 그림과 문학에 관한 이야기였네요! 이런 우연이 있다니 정말 좋았어요. 선생님과 이 전시를 같이 볼 수 있어서요!

신 ˚ 와! '헤테로토피아'로서의 미술관이라… 덕수궁미술관에 대해 그렇게 말씀주시니 더 운치 있게 느껴지네요. 저도 행운이었다고 생각합니다. 마침 이전 편지에서 저희 '시서화일체론'에 대해서 이야기 나눴잖아요? 한국 근현대 미술에서 서예의 의미를 톺아보는 전시는 정말 드물게 열리는데 말이죠.

강 ° 그랬죠. 그런데 전시에서도 확인할 수 있었죠.

신 ° 전시는 어떠셨어요? 작품이 많은 편이었죠?

강 ° 네, 사실 저는 전시장에 가면 정신없이 작품만 보는데 선생님과 함께하니 전시 구성도 보게 되더라고요. 선생님이 학예사분들이 고생하셨을 거라는 얘기를 들으니 안 보이던 것들이 보이는 느낌이랄까요. 관람자의 입장에서만 보던 때와 다르게 봐서인지, 이번에는 작품의 구성과 동선, 그리고 의도까지 생각해보며 보게 되었어요. 기획자의 관점에서 이번 전시는 어땠나요?

신 ° 네 선생님께서 말씀주신 것처럼 저에게는 우선 공간 구성이 인상적으로 다가왔어요. 우리가 본 전시 《미술관의 書: 한국 근현대 서예전》은 총 4부로 나뉘어져 있었잖아요? 전통 서예부터 현대성을 띤 서예까지 시기별로 공간이 구성되어 있었는데, 제가 보기엔 각 방의 주제에 맞게 공간의 색이나 설치 구성을 아주 섬세하게 조성한 것 같더라고요. 1부부터 시작해서 4부로 이동하는 동안 공간의 톤이 흰색-먹색-흰색-먹색으로 변화했었죠? 전시장을 모두 통과하고 나서 생각해보니, 어쩌면 공간 디자인을 붓글씨 모티프 따왔을지도 모르겠다라는 생각이 들었던 거예요. 너무 과잉 해석일까요? (웃음)

강 ° 오, 그렇네요! 정말 먹색과 흰색으로 구성되어 있었지요. 작품들과도 그렇구요. 거기까지는 생각지 못했는데, 지금 되짚어 생각하니 그랬던 것 같아요. 동선까지 말이에요. 딱 맞아떨어지는 걸 보면 과잉 해석이 아니라는 생각인데요. 우리가 그 획을 따라 걸어왔나 봐요.

신 ° 적절하게 배치된 가벽도 그렇고 바닥에 부착된 거울형 시트지를 활용해서 전각 작품을 강조한 것도 인상적이었고요. 기획 팀과 공간디자인 팀의 섬세한 협업이 느껴지는 전시였어요.

강 ° 그렇게 자주 갔는데 처음으로 전시장을 눈에 담은 거 같아요. 앞으로도 기회가 있으면 선생님이랑 자주 가야겠어요.

신 ° 저는 선생님과 함께 전시를 보고 돌아와서 전시 컨텐츠 전반의 구성에 대해 돌이켜 생각해봤어요. 저는 아무래도 〈1부 서예를 그리다 그림을 쓰다〉 파트의 작품들이 가장 오래 기억에 남았습니다. 그날도 잠깐 이야기 나눈 것 같은데, 선생님께서는 1부 중에서도 '시서화' 파트를 가장 인상 깊게 보았다고 하셨죠?

강 ° 네, 그랬어요. 아무래도 '그리다'와 '쓰다'가 함께 있는 부분이 끌렸던 것 같아요.

신 ° 네, 저도 그랬던 것 같아요. 서예를 그리고, 그림을 쓴다는 게 최근 저희의 고민과 어느 정도 맞닿은 것 같기도 했어요.

강 ° 기억나실지 모르겠는데 1전시장에 제일 먼저 들어가면 정면에 김환기의 작품이 있었어요. 〈시와 매화〉라는 작품이요. 그리고 왼쪽으로 고개를 돌리니 김용준이 그린 김환기 그림이 걸려 있더라고요. 처음부터 엄청 강렬해서 그랬는지, 끝날 때까지 계속 여운이 남아요.

신 ° 네, 기억납니다. 안경 낀 남자가 그려진 작품을 말씀하시는 것이지요?

강 ° 맞아요. 김용준이 '신문인화'라고 해서 글과 그림을 함께 했던 작가였잖아요. 저는 아무래도 문학적으로 그림을 그리는 작품에 끌리는 거 같아요.

신 ° 네 동양 전통미술인 "서화일치의 문인화를 현대적으로 해석했다"라고 쓰여진 설명을 전시장에서 본 것 같습니다. 김용준 작가는 추사의 영향을 많이 받아서 잡지『문장』의 제호도 썼다고 하더라고요.

강 ° 역시 선생님과 제가 보는 부분이 비슷한 거 같네요. 현대 문학사를 공부할 때는 이태준과 정지용이 참여한『문장』으로만 알고 있었어요. 문학사에서도 워낙 중요하게 기록되는 잡지니까요. 그런데 김용준, 길진섭 같은 화가들이 아니었다면 그런 명성을 얻는 것이 불가능했을 거 같더라고요. 잡지도 독자를 만나야 하니 시각적 부분이 굉장히 중요하게 작용하거든요. 당시 문학이 미술과 떨어질 수 없었던 이유이기도 하죠. 실제로『문장』의 표지화를 하나의 작품으로 만들겠다는 화가 길진섭의 의지가 있기도 했고요. 선생님은 어떤 작품이 제일 인상에 남으시나요?

신 ° 제 경우는 문인화를 지나 '문자 추상' 파트에서 소개된 이응노의 〈주역64〉를 인상 깊게 봤어요. 정사각형의 캔버스를 바둑판 모양으로 배치해서 그 위에 한자를 새겨 넣은 작품인데요. 기억나시나요?

강 ° 네, 그 작품 앞에서 서성이는 선생님의 뒷모습도 생각나요.(웃음)

신 ° 음, 제 생각에는 한자가 상형문자라는 것에 착안해서 작품이 시작되지 않았을까 싶은데 각각의 한자가 그림처럼 표현되었다고 해야 할까요? 작품 설명을 살펴보니, 64계의 글자들은 각각 "자연의 이치와 그 속의 인간의 도리를 담고 있다"고 하더라고요. 작품을 자세히 보면 그래서인지 글자 안에 부분 부분 사람의 형상을 볼 수 있었습니다. 문자가 그림이 되고- 그림이 다시 문자로 치환되는 그 경계 즈음에 작품이 있는 것 같아서 매우 인상적이었어요.

강 ° 그렇군요. 근데 저는 단순히 문자가 그림이 된 것이 아니라 다시 문자로 치환되는 그 경계에 작품이 있다는 선생님의 말이 더 인상 깊네요. 사실 서예를 보면서 이런저런 생각이 많이 들었거든요.

신°이런저런 어떤 생각들을 하셨어요? 궁금해요!

강°글자 자체가 그림으로 표현된 것이라면 우리가 시서화 일체론에서 말한 것처럼 그것을 회화를 품은 시라고 할 수 있을까, 의문이 들었거든요. 어찌 보면 글자의 디자인이라는 점에서 그림 자체는 아닐까, 라는 생각이요. 그런데 지금 선생님이 주신 말씀이 답이 될 수 있을 거 같아요. 문자와 그림, 그리고 그림과 문자 사이에 문학적이고 회화적인 이야기가 들어가는 것이죠. 그것이 이응노의 작품을 서예라고하는 것이 아니라 '문자 추상'이라고 부를 수 있는 지점이 되는 것 같아요.

신°그렇네요. 저는 그 작품을 보면서 이 그림이 '문학'을 품은 건지 '문자'를 품은 건지 잠시 생각했더랬습니다. 그런데 저는 '문자'라는 결론에 도달했었고요. 그렇다면 문학은 어떻게 되는 건가라는 물음이 남았었거든요. 그러고 보니 "그림과 문자 사이에 문학적이고 회화적인 이야기가 들어가는 것"이라는 선생님 표현이 답이 될 수도 있겠네요!

강°우리는 전공이 그래서 그런지 계속해서 문학적이고 회화적인 것이 무엇인지 찾으려는 거 같아요. 언뜻 경계를 없애는 거 같지만, 사실 반복적으로 경계를 만드는 거 같기도 하고요. 일전에 우리가 나눴던 문학과 미술의 경계에 관한 이야기에서처럼 말이에요. 선생님과 함께 이야기를 나누다 보면 정말 많은 부분을 생각해보게 되는 거 같아요. 문자와 그림 사이에 이야기가 들어갈 수 있다는 생각은 그 경계를 희미하게 만드는 거 같기도 하고요

신 °네, 맞아요. 저도 그래요. 우리의 이야기는 정말 꼬리의 꼬리를 무는 것 같아요. 그래서 더 즐겁습니다. 그런데 선생님 말씀을 듣고 생각해보니 결국 미술 작품에서 획득될 수 있는 문학(성)이라는 것이 어쩌면 '이야기'를 말하는 것이 아닐까도 생각하게 됩니다.

그리고 또… 전시에서 한 가지 더 인상적이었던 것은 이응노 세대의 작품들이 프랑스 앵포르멜 화풍의 영향을 받았다는 이야기였거든요? 그러니까 앵포르멜이 음, 우리 어릴 때 배웠던 미술 시간에 배웠던 '따뜻한 추상', '차가운 추상' 중에 '따뜻한 추상'이라고 요약할 수 있을 것 같은데요. 그렇다면 서예를 일종의 추상화의 영역에서 읽을 수도 있는 것인가? 하는 생각에 다다랐었어요. 아주 오래된 동양의 글자 쓰기 방법과 서양의 현대적인 미술 관념이 겹쳐지는 상상을 하는 게 즐거웠어요.

강 ° 어떻게 보면 서예의 한자는 너무 명확하게 의미를 담고 있는데도 추상으로 해석될 수 있다는 게 재미있기도 하네요. 그 형태로 말이죠! 다시 한번 문자와 그림, 그 사이의 어디 즈음을 생각하게 되네요. (사이.) 그럼 또다시 우리의 근원적인 질문에 빠지고 마네요. 작가 의도, 그것을 감상하는 이들의 의도에 따라 달라지는 작품의 의미 같은 것들 말이에요.

신 ° 그렇네요. 명확한 언어적 의미를 담고 있음에도 추상으로 해석되다니 신기하네요. 어쩌면, 붓글씨를 쓰는 사람이 개인적인 수양을 위해서건, 어떤 미학적인 성취를 위해서건 여러 번 쓰기를 반복하다보니 추상이 되어버린 걸까요? 반복의 반복을 하는 와중에 결국 문자의 의미는 사라지고 쓰는 사람의 정신만 남게 된… 그렇게 되면 글자라는 기호가 의미를 전달하는 비중이 줄어들게 되니까, 글씨와 그림의 경계가 모호해지게 된 것인가. 자꾸 복잡하게 생각을 하게 되네요. (웃음)

그리고 전시의 챕터를 돌이켜 봤을 때, 1부 〈서예를 그리다 그림을 쓰다〉, 2부 〈글씨가 곧 그 사람이다: 한국 근현대 서예가 1세대들〉, 3부 〈다시, 서예: 현대서예의 실험과 파격〉, 4부 〈디자인을 입다 일상을 품다〉였죠. 기획의 의도를 따라가 보면, 한국의 서예는 이런 순서를 거쳤다고 생각하게 돼요. 처음에는 문자書와 그림畵이 일체하는 모습을 보이다가, 점차 '서예적인 이미지'에 집중하는 경향을 보이게 되는 것이요. 어쩌면 읽는 서예에서 보는 서예로 바뀐 것 같아요.

강° 문자에 대한 변화가 나타나는 것이군요! 전시의 순서대로 의미를 파악하는 것도 모범 답안이 될 수 있을 거 같아요. 출제자의 의도 같은 것이겠죠. (웃음) 선생님이 처음에 전시의 동선을 고려해 봐야 한다는 것도 그런 의미였군요.

그런데 문자의 의미가 사라진 건 아닐지도 모르겠단 생각도 들어요. 아니, 처음부터 문자가 명확하게 의미를 나타내고 있었던 건 아닐지도 모르겠다는 생각이요. 처음부터 추상적이었던 것에 그것을 보는 사람이 의미를 부여하고, 다시 의미를 빼앗고, 이런 것들의 반복일지도 모르겠다는 생각도 드네요. 결국 선생님이 말씀하시는 사람의 정신이 남는 것, 그것으로 설명할 수도 있을 것 같고요.

신° 네, 그렇네요. 처음부터 문자가 명확하게 의미를 나타내고 있었던 건 아닐지도 모른다는 말씀! 이것도 너무 흥미로워요. 그리고 하나 더. 2층은 화가가 서예의 필체를 가져와서 하는 미술이 보여지고 있고, 3층 후반부에서는 서예가가 현대적 미감을 도입한 서예가 선보이고 있었잖아요. 그런데 그 둘의 이미지가 나중에 가서 어느 정도 닮아가는 지점이 생기는 것도 신기했어요. 그렇다면 그 두 이미지 사이의 공통점은 무엇일까. 또 차이를 말한다면 무어라고 말할 수 있을까. 궁금하기도 했고요.

강 ° 2층에서 본 서예 작품이 정말 압도적이었죠. 그 높은 천장 끝까지 글자가 빽빽하게 차 있던 모습에서 압도되는 걸 느꼈어요. 글자만으로 이런 느낌을 낼 수도 있구나, 새로운 경험이었죠. 아마 이런 느낌에서 현대 화가들도 영향을 받은 거겠죠? 선생님이 '처음처럼' 글자 앞에서 친구를 만났다면 좋아하시던 모습도 선명하네요. (웃음) 현대 상품 디자인도 하나의 작품으로 생각하고 보니 좀 다르게 느껴지는 것 같아요. 그럼 그 전시의 차이는 뭐였을까요? 단순히 시간의 흐름은 아니고, 시서화가 일체였다가 분리되는 과정을 보여 주고 싶었던 걸까요? 연대가 안 맞긴 하지만 작품으로 보면 그랬던 거 같아요.

신 ° 네, 정말요. '처음처럼'은 저녁 식탁에서 자주 보는 글씨인데 전시장 벽에 걸린 것을 보니 새삼스럽고 반갑더라고요. (웃음) 저도 2층의 서예가 압도적이었다고 생각해요! 압도적이라는 것은 '필묵'. 그러니까 서예가 특히 강조하는 덕목인 '일필휘지', 수련을 통해서만 도달할 수 있는 어떤 고양된 정신에서 발산되는 것 같기도 하고요.

강 ° 그래서 그때 정신력이 강해야 할 수 있겠다는 얘기를 하셨군요. 저는 사실 창작해보지는 않아서 그 과정까지 생각하지는 못했는데 정말 그렇네요. 기계가 대신할 수 있는 일을 사람이 해낸다는 것 자체가 어떤 감동을 하게 하는 것 같아요. 프린트된 것이라는 생각이었다면 그렇게까지 감동은 없었을 것 같거든요. 역시 인간의 예술이라는 것은 대체 불가하다는 생각도 해봅니다.

신 ° 맞는 말씀입니다. 결국 돌고 돌아 다시 문학과 미술로 돌아오는 걸 보면, 선생님과의 대화는 끝도 없이 이어질 것 같단 생각이 들어요.

예술 속 미술과 문학

■ □ ●

안녕하세요. 선생님,

그동안 잘 지내셨는지요?

한동안 안팎으로 소란스러운 시기를 보냈습니다. 그러다 보니 답장을 드리기까지 시간이 조금 걸렸어요. 하지만 선생님께서 지난 편지에서 들려주신 '문학과 미술을 함께 공부해야 할 이유'에 관한 이야기는 편지를 받은 이후부터 줄곧 제 안에 자리 잡고 있었습니다. 일에 치이다가도 잠시 잠깐 고요해지는 순간이 오면 어느새 마음 한구석에서 떠올라 진동했어요. 지난번 선생님께 드렸던 질문은 제 자신에게도 자주 되풀이해 묻는 문제이니까요.

네, 맞아요. 우선 장르의 문제에 관해서라면 예술이 하나의 뿌리를 가지고 있다는 선생님 말씀에 매우 동감합니다. 지난 편지에서 제가 '작가 의도'에 따라 두 예술 간의 경계는 수시로 교차 될 수 있는 것 아닌가 하는 의견을 드렸죠. 하지만 조금만 더 생각해보면 이런 기준도 매우 모호한 것임을 쉽게 알아챌 수 있어요. 예술 작품은 필연적으로 '작가-작품-관객/독자'라는 메커니즘을 갖고 있습니다. 그렇다면 맨처음 '작가'가 자신의 의도를 '작품'이라는 매개를 빌어 명확하게 표현했다 하더라도 마지막 단계인 '독자'가 그 의도 그대로 곡해 없이 받아들일 확률은 얼마나 될까요. 예상하시겠지만, 아마 천차만별이겠죠?

미국 싱어송 라이터 밥 딜런Bob Dylan의 일화가 떠오릅니다. 그는 노래에서 새로운 시적 표현을 창조해냈다는 공로를 인정 받아 2016년 노벨 문학상을 수상했잖아요. 저를 포함하여 당시 많은 사람이 적잖이 놀랐던 것으로 기억합니다. 세계적으로 가장 권위 있는 문학상이 그의 '노래'를 '시'로 인정한 것이니까요. 그런데 음악을 만들 때, 그는 과연 자신이 쓴 가사가 장차 시로 읽히리라 예상했을까요? 글쎄요, 잘 모르겠습니다. 앞서 말한 것처럼 만약 노벨 문학상 위원을 독자로 본다면 이 경우는 작가 의도와 관계없이 철저하게 독자 중심의 해석이 진행된 경우이네요. 하지만 작가 의도가 무엇이었든, 독자의 해석이 어떤 방향으로 흘러갔든 간에 딜런이 전한 반전, 저항, 자유, 사랑의 메시지는 많은 이의 가슴에 깊은 울림을 남긴 것만은 분명해 보입니다. 그렇네요. 선생님께서 말씀하셨던 것처럼 예술하는 사람이나 받아들이는 사람이나 그 감정에 초점을 맞추다 보면 장르 구분을 넘어 하나의 예술을 바라볼 수 있게 되는 것 같아요.

여기까지 오고 나니 저도 다시 막다른 길을 마주하게 됩니다. 방금 '하나의 예술'이라고 낭만적으로 마무리했지만, 이렇게 되면 음악, 문학, 미술, 영화 이 모든 장르의 경계라는 것이 돌연 휘발돼버리고, 이어지는 우리의 첫 질문, '미술과 문학을 함께 공부하는 이유'를 찾는 것도 무색한 작업처럼 여겨지니까요.

'왜 미술과 문학인가' 이런 질문을 꽤 오래도록 하고 또 받아왔습니다만, 고백하자면 제 답은 처음 둘을 나란히 놓아 보겠다고 다짐한 시기로부터 별반 나아가지 못한 것 같기도 합니다.

소설가 마리오 바르가스 요사Mario Vargas Llosa는 문학은 삶의 경험이 지어낸 이야기에 물을 대는 것이라 말했습니다. 전적으로 상상력에 의지해 쓴 문학 작품이라 하더라도 '작가라는 출발점'은 반드시 있다는 것을 이야기하려 했던 것인데요. 그러니 허구로 나아가기 이전에, 현실에 각인되어 있던 자신의 '경험'을 먼저 끌어내는 것이 첫 단계라는 말. 저는 소설가는 아니지만, 그의 소설론에 빗대어 공부의 출발점을 되짚어 보면 어떨까 합니다. 삶과 연결된 단서라면 제게도 준비된 장면 하나쯤은 마련되어 있으니까요. 그 경험을 선생님께 말씀드리면서 미술과 문학을 같이 공부하고 있는 이유에 대한 제 생각도 좀 더 선명하게 정리해볼게요.

한 차례 말씀드린 적 있지만, 저는 학부에서 미술을, 그리고 대학원에서 문학을 전공했습니다. 문학을 공부하는 중에도 "왜 하필 (미술에서) 문학이야?"라는 질문을 종종 받았습니다. 여기에 대한 제 대답은 대체로 비슷했어요. "둘은 매체만 다를 뿐 비슷한 장르인 것 같아"였죠. 미술은 시각 언어를, 문학은 문자 언어를 도구로 활용할 뿐 작가가 전하고 싶은 이야기, 세상에 대한 자신만의 해석을 독자에게 전한다는 점에서 두 장르는 상당히 유사한 작동 원리를 가졌다고 생각했습니다. 미술은 구상과 추상, 오브제를 차용하는 표현 형식으로, 문학은 은유나 직유, 환유, 상징 등의 기법을 활용하는 방법으로 작가가 독자에게 새로운 감상을 환기하는 것이기도 하니까요.

특히 근대 시기 이후 철저히 서구 미술 개념의 영향 아래 전개되어 온 현대 미술에 서는 작품의 개념을 부연하는 텍스트가 시각적인 요소만큼이나 상당히 큰 역할을 차지하고 있잖아요. 그러니 그 구조 내에서 미술을 배운 저로서는 텍스트를 다루는 문학이라는 장르가 그리 멀게 느껴지지는 않았던 것 같아요. 주변에서 의아해했던 것과는 별개로 제게는 꽤 자연스러운 수순이었던 거죠.

그런데 선생님께 편지를 쓰는 지금 다시 생각해보게 됩니다. 그러니까 당시의 저는 미술과 문학이 다루는 매체만 조금 다를 뿐이라고 결론 내렸기 때문에 미술 '대신' 문학을 공부하겠다고 마음먹었던 것이지 미술과 문학을 '같이' 공부하려 했던 것은 아니었다는 것을요. 돌이켜 보면 둘을 함께 보게 된 동기는 대학원에서 국문학 과정을 마쳐갈 즈음 마련되었던 것 같네요.

> "어느 늦여름 갑자기 문학과 미술을 전공하는 젊은이들 두 분이 나타났다. 지는 싸움을 주제로 한 소설가의 모습을 담아서 전시하기 위해서였다. 지

는 싸움은 멀리로는 도로, 시지푸스가 도로 굴러 내려올 바위를 밀어 올리는 헛수고를 뜻하고, 가까이로는 영상 매체의 상업주의 오락에 밀리는 무력한 예술의 운명을 애도한다. 예술은 불가능한 일을 한다. 삶을 재현하는 것은 불가능하다. 그것이 불가능하지 않았더라면 예술은 설 자리가 없었다. 나는 처음 그들의 윤곽을 짐작할 수 없었다. 그들은 촬영 전문가를 동원했다. 나는 오리무중에 빠졌다."

— 서정인, 전시 《지는 싸움》(2016) 서문 중에서

문학을 전공한 젊은이는 저, 미술을 전공한 젊은이는 예술가 동료이자 미디어 아티스트인 윤하민 작가입니다. 당시 가을 학기 졸업을 앞두고 제가 고심하던 논문의 주제는 '서정인 소설의 서사 기법 연구'였습니다. 소설가 서정인은 1960년대부터 2000년대, 그리고 최근까지 쉼없이 작품을 써 온 작가입니다. 저는 오랜 기간에 걸쳐 수행된 그의 소설 작업 변화의 과정을 꼼꼼히 살펴보고자 했어요. 영문학을 전공한 서정인의 소설은 초반에는 서구적 단편 소설의 기법을 성실히 따릅니다. 그런데 시간이 갈수록 '전'이나 '판소리' 등 동양 전통의 서사 기법을 차용하는 방식으로 변화하게

되죠. 동양 소설에서 전통적으로 다뤄왔던 사유와 문체를 현대적으로 변용하여 다시 서구적 모더니즘에 부합하는 실험 소설을 시도한 점이 제게 무척 흥미롭게 다가왔습니다. 그리고 다소 극적인 형식 변화를 감행한 작가의 내적 동력이 무엇일지도 궁금했고요. 공부하는 동안 그의 소설에 푹 빠져 있었던 저는 주변에 그의 소설을 자주 추천했어요. 그러던 어느 날 서정인의 소설을 읽어 본 동료 작가가 제게 매우 멋진 제안을 하나 합니다. 서정인 선생님과 함께 '미술'과 '문학'을 주제로 전시를 열자는 것이었어요.

전시 준비를 위해 곧장 팀을 꾸렸습니다. 팀명은 '헤비급'. 재밌는 이름이죠. 사실 이 이름에도 문학과 얽힌 사연이 있습니다. 국문학 연구자이신 김윤식 선생님의 글 「헤비급 두 작가의 소설 들어 올리기—박상륭, 서정인이 프로메테우스인 까닭」에서 영감을 얻은 것이거든요. 김윤식 선생님의 짧은 글에는 박상륭, 서정인, 두 소설가의 독특한 형식 실험이 소설이라는 장르를 일전에 가닿지 못한 새로운 세계로 이끌어 간다는 내용이 담겨 있었습니다. 저희는 관습적 틀을 과감하게 뛰어넘는, 예술에 대한 두 작가의 '헤비급' 에너지를 오마주로 삼고자 했어요. 기획서를 작성해 웹에 공고를 올렸고, 감사하게도 전시 기획 글을 눈여겨 본 전라북도의 문화재단에서 작가를 위한 숙소, 전시 공간, 프로젝트 비용 전반을 제공해주겠다고 연락이 왔습니다.

3개월 동안 군산의 예술 공간에 머물면서 소설가 서정인의 예술적 행보를 따라 걸었던 시간은 몇 년이 지난 지금도 여전히 황홀한 기억으로 남아 있습니다. 서정인 선생님께서는 각종 영상 장비를 대동해 들이닥친 탓에 "오리무중에 빠졌다"라고 말씀하셨지만, 정작 대화가 시작되면 저희 셋은 카메라가 돌아가는 것도 까맣게 잊은 채 대화에 빠져들었어요.

　"전시의 제목은 서정인 소설집 『해바라기』의 서문, 「지는 싸움」을 인용한 것입니다. … 지난 40여 년 동안 작가의 소설은 하나의 유형으로 고정되지 않고, 시대의 흐름에 따라, 작가 의식의 변모에 따라 부지런히 변화하는 모습을 보여왔습니다. 그의 소설은 이제까지 견고하게 쌓아 올린 소설 형식을, 다음 작품에서 무너트리는 방식으로 전행됩니다. 우리는 그의 집필 방법에 깊은 감명을 받았습니다. 하나의 형식에 고정되지 않고 계속해서 다른 형식을 탐색하는 서정인 소설가의 작품관은, 여러 매체

를 전시장으로 끌어들여 작업의 수용 영역을 넓히
고자 하는 우리의 작업관과 분명 상통하는 지점이
있다고 느꼈습니다. 그가 해 온 싸움과 우리가 해
온 싸움을 비교하는 과정은 뜻깊은 시간이었습니
다. 우리는 각자의 싸움이 결코 같을 수는 없으리
란 것을 안다고 말하면서, 질 수밖에 없는 이 싸움
에 누구보다 성실한 자세로 임하려 하였습니다."
— 헤비급, 전시 《지는 싸움》(2016) 서문 중에서

어느 늦은 여름, 젊은 예술가와 원로 예술가는 연꽃이 만연
하게 핀 전주의 한 국립공원에 마주 앉아 '미술과 문학', 그
리고 '예술과 삶'에 대한 깊은 공감을 나눴습니다. 전시의 과
정과 내용도 대부분 대화에서 시작되었어요. 예를 들면 이
렇습니다. 서정인 선생님은 문학과 미술에 근본적 차이가
있다고 생각하신 듯해요. 회화와 조각은 공간 예술이고, 문
학은 시간 예술이어서 창작하는 방법도, 체험하는 방법도
다르다고 말씀하십니다. 그러니까 미술은 가장 풍부한 순간
을 작품에 응축해서 담아내고, 문학은 흘러가는 시간을 꼼
꼼하게 담아내는 것인데, 궁극적으로는 사람이 살아가는 세
상을 보여주는 예술이라는 공통점을 갖는다,라는 것. (이렇
게 적어두고 나니, 선생님께서 지난 편지에서 말씀해주신

레싱의 『라오콘』 속 '시간' 개념이 떠오르네요!)

저희는 이 이야기를 듣고 나름의 해석을 합니다. 그리고 미술 작품으로 만들죠. 서정인의 얼굴과 똑 닮은 흉상을 만들어 전시장 한쪽에 배치하고, 다른 한쪽 벽에는 그가 쓴 문학 작품들을 종이에 인쇄하여 빈틈없이 부착하는 거예요. 미술(조각)과 문학(소설), 이 둘을 시각화하여 전시장에 나란히 내려놓음으로써 서로 어떻게 다르고, 어떻게 같은지 이 과정에서 생겨나는 새로운 의미는 무엇인지 관찰해보고 싶었습니다.

어떤 때는 저희가 먼저 『달궁』(1988)에 삽입된, 띄어쓰기 없이 진술된 한 장을 선택해서 서정인 선생님께 낭독을 부탁드렸어요. 작가의 음성은 사운드 작품으로 재해석되어 전시장에 놓여졌고요. 『철쭉제』(1986)를 읽고 나서는 작품에 등장하는 장소가 실제 있다면 어땠을까 같이 상상해보고, 그와 유사한 장소를 방문해 촬영하고 영화로 만들기도 했습니다. 이렇게 전시 《지는 싸움》은 일평생 글쓰기와 씨름해 온 원로 작가와의 협업을 통해 문학이라는 장르를 조각, 텍스트, 사운드, 영상, 판화 등으로 다양한 매체로 재해석하는 형태로 완성되었습니다.

사실 저는 이 작업을 시작할 때, '한 소설가의 삶과 문학 세계를 시각 이미지로 잘 옮겨와 보자' 정도의 목표만 갖고 있었던 것 같아요. 하지만 전시를 만드는 과정을 겪으면서, 또 여러 매체로 완성되어 세상 밖으로 나온 작품들을 보면서, 이전에는 생각지도 못했던 관점에서 '미술'과 '문학'을 바라보게 되었습니다. 이 새로운 관점은 또 새로운 질문들을 동반했죠. 문학을 미술적 표현으로 환원하는 것이 과연 가능할까? 만약 가능하다면 문학을 미술로 혹은 미술을 문학으로 재해석 혹은 치환할 때, 둘은 서로의 공백을 채워주는 상호보완적 역할을 하는 것일까? 하는 것들이요. 이러한 질문들은 그간 제가 갖고 있던, 미술과 문학이 서로를 '대신'할 수 있다는 믿음의 기반을 흔드는 것이기도 해서 중요한 문제로 다가왔어요.

《지는 싸움》만 있었던 것은 아닙니다. 이후로도 미술과 문학을 한자리에 불러 모아보려는 시도는 몇 해간 더 이어졌습니다. 합정동과 안국동에서 열렸던 《빅스윙》,《착화점》이라는 전시가 그것이었습니다. "아무도 보지 못한 수몰 지역 비디오테이프가 있다."는 동료 예술가의 말에 영감을 받아 저희는 전국 곳곳의 수몰 지역, 그리고 화재 지역들을 방문했어요. 그리고 그 지역에 숨겨진 이야기들을 수집했습니다.

두 지역 모두 그곳에 살던 사람들이 감당하기 힘든 사건을 만나 다른 곳으로 떠났다는 공통점을 갖고 있다는 것에 주목했어요. 한 곳에서 다른 곳으로 이동하는 사람들. 그들은 모두 어디로 갔을까. 질문 끝에 이상의 시 「월상月傷」 중 한 구절을 떠올립니다.

내 앞에 달이 있다. 새로운 —— 새로운 ——
불과 같은 —— 혹은 화려한 洪水(홍수) 같은 ——
―이상, 「월상月傷」 부분

시의 구절에 영감을 받아 저희는 하나의 서사를 써 내려갔습니다. 그것은 사소한 불씨를 발견한 한 사람이, 불을 피해 이동하다가, 그리고 홍수를 피해 이동하다가, 마침내는 달에 도착하게 되는 이야기였습니다. 그리고 이 이야기를 한 편의 영화로 완성하여 전시장으로 가져왔어요. 블루 스크린 스튜디오, 시나리오 아카이브, 배경 소스와 재현 구조물 등은 영화의 직간접적인 요소로 등장함과 동시에 전시를 구성하는 핵심적 오브제들로 활용되었고요. 이러한 작업을 통해 허구적 이야기를 전시장으로 가져오기 위한 나름의 실험들을 반복했던 것이에요.

《빅스윙》은 수몰 지역 서사, 《착화점》은 화재 지역의 서사로 두 전시는 전시된 시간과 공간은 달랐지만, 하나의 짝을 이루는 모양새였습니다. 저희는 이 전시들이 어쩔 수 없이 삶의 터전을 떠나야만 했던 이들에게 헌정하는 아름다운 판타지가 되기를 바랐습니다. 그것이 인간의 여정에 대한 소박한 은유로 읽히기를 바랐고요. 그러니까 《지는 싸움》이 문학을 미술로 가져오고자 했던 시도였다면, 이후 전시 《빅스윙》, 《착화점》은 미술의 영역으로 문학을 소환해보려는 시도였다고 할 수 있을 것 같네요.

선생님, 이제 "문학을 미술적 표현으로 환원하는 것이 과연 가능할까?"라는 질문으로 다시 돌아가 보겠습니다. 그러니까 저는 전시라는 영역 안에서 이런저런 실험들을 통해 답에 다가가고자 했어요. 그리고 그 과정 끝에 결국 제가 얻은 결론은 문학을 미술적 표현으로 온전히 환원할 수만은 없다는 것이었습니다. (이렇게 말하는 순간에도 여전히 확신이 서질 않지만요.) 예술 작품으로서 두 장르는 내용을 공유한 채 매체만 대체할 수는 있을 거예요. 하지만 서로 같은 내용을 품고 있더라도 겉으로 드러나는 물성이 달라졌기에, 관객에게 본래의 내용 그대로를 환기시킬 수는 없다는 생각입니다.예술 작품으로서 두 장르는 내용을 공유한 채 매체만 대체할 수는 있을 거예요. 하지만 같은 내용을 품고 있더라도 겉으로 드러나는 물성이 달라졌기에 관객에게 본래 의도된 내용 그대로를 환기할 수는 없다는 생각입니다.

지난 편지에 선생님께서 이중섭과 김춘수의 작품에 대해 이야기해주신 부분이 생각나네요. 미술과 문학이, 두 장르가 뚜렷한 차이점을 가지고 서로의 공백에 영향을 준다는 이야기가 무척 흥미로웠어요. 그런데 이 차이점이 마치 테트리스 하듯이 요철이 딱 맞춰지는가에 대해서는 저는 조금 비켜난 의견을 갖고 있네요. 미술 작가는 서정인의 소설에서는 보지 못한 장소를 영화로 보여주기도 하고, 서정인은 미술 작가가 듣지 못한 목소리를 들려주기도 했어요. 하지만 결과적으로 그렇게 완성된 작품들은 서로의 공백을 상호보완하여 일종의 결합, 완전체를 이루지는 않았던 것 같습니다.

오히려 각 장르의 서사가 한 공간에서 충돌하면서, 미술도 아니고 문학도 아닌 그 경계 사이 어딘가로 탈주하고 머물며, 이전에 없던 새로운 의미망을 형성한달까요? 예컨대 예술이라는 큰 'ㅁ'의 영역이 있으면, 그 안을 미술이라는 작은 'ㅇ', 그리고 문학이라는 작은 '●'으로 채워보는 거죠. 원이 더 들어가지 않을 때까지 네모를 채워도 그 안에는 빈 공간이 남습니다.

저는 미술과 문학을 함께 연구한다면 바로 이 공간을 출발점으로 삼아야 한다고 생각해 왔어요. 그러니까 제가 미술과 문학을 함께 연구해야 하는 이유는 예술이라는 넓은 테두리 안에서 이 뚜렷한 차이를 지니는 이 두 장르가 서로의 공백에 영향을 준 후에 '그럼에도' 남겨진 여백의 의미를 밝혀내고자 한다는 것. 정도로 요약될 수 있겠네요.

문학과 미술을 공부하는 이유에 대해서 말하려다 보니 너무 길어졌네요. 제 이야기가 잘 전달되었을지 저도 확신이 서지를 않습니다. 궁금해하시지 않을 사적인 이야기를 너무 지루하게 늘어놓은 건 아닌지 멋쩍기도 염려스럽기도 하고요.

하지만 언젠가는 '지금까지 제가 체감한 미술과 문학이 이런 모양이고, 둘을 바라보는 관점이 지금은 이렇게 흘러가고 있다'는 것을 선생님께 허심탄회하게 말씀드리고 싶었어요. 그리고 우리의 편지는 오늘이 마지막이 아니니까!

너무 마음 졸이지 않겠습니다. 선생님, 그럼 다음 편지에서는 선생님의 삶 속에서 특별한 감각을 선사한 작품들에 대한 이야기를 들려주실 수 있을까요? 어떤 화가, 문학가를 좋아하시는지, 그리고 그분들의 여러 작품 중에서 좀 더 깊게 살펴보고자 하시는 면이 무엇인지도 궁금합니다!

늘 건강 유의하시고요.

신이연 드림

문학이
미술에 머물던 시대

신 선생님께

선생님, 선생님의 마지막 답장을 받고 꽤 긴 시간이 지났음을 인정하고 시작해야겠네요. 아직 봄의 기운이 남아 있던 그때 처음 만나 푹푹 찌는 한여름에 전시장에서 전시를 관람한 게 엊그제 같은데 벌써 가을이 지나 지금은 한겨울을 지내고 있습니다. 지난주부터 시작된 한파와 거리두기 2.5 단계로 바깥 출입을 안 한 지 일주일이나 지났네요. 잘 지내셨나요? 저는 그동안 정신없이 한 학기를 보냈고, 종강과 더불어 조금은 멍해지는 기분으로 선생님의 편지를 다시 꺼내 들었습니다.

선생님. 한동안의 공백이 있었지만, 선생님의 ㅁ와 ㅇ에 관한 이야기는 저를 한참이나 즐겁게 했답니다. 종종 그 모양과 그 여백을 생각하며 우리가 함께 공부하는 비교문학의 매력에 대해 생각해보기도 했어요. 공책에는 두 도형을 그려넣기도 해봤습니다. ㅁ를 좀 크게 그리기도 하고 ■ 까맣게 색을 칠해보기도 했죠. 그리고 그 안에 ○도 그려넣어 보았죠. 어쩔 때는 ○ 속에 ㅁ가 들어가기도 했습니다. 꼭 맞아떨어지지 않더라도 우리는 그 여백과 공백 속에서, 많은 이야기를 찾아볼 수 있을 거라 생각해요.

선생님의 전시 이야기는 정말 흥미롭게 읽었어요. 석사 논문에서 전시를 기획하다니 정말 놀라워요! 제가 처음 선생님을 만나고 엄청난 끌림을 느꼈는데 그게 아마 이런 이유에서였던 것 같습니다. 선생님은 제가 하고 싶지만, 하지 못하는 미지의 영역 혹은 환상의 세계를 실현하는 것 같다는 생각이 들어요.

그래서 선생님과 편지를 주고받고 생각하면서 제 사고의 외연이 확장되는 느낌이 듭니다. 선생님의 석사 논문 주제는 문학이었지만, 그것을 미술로 실천했던 거죠. 사실 문학 연구자한테 '실천'이라는 영역은 조금 낯설어요. 문학을 실제 생활에 어떻게 적용할 수 있을까요? 작품을 창작하거나 학생들에게 교육하거나 하는 두 가지 방법만 떠오르네요. 실제로 저는 학생들을 만나고 가르치는 일을 하고 있어서, '교육' 외적으로 실천하는 방법을 생각해본 적이 없는데 작가와 연구자가, 감상자를 직접적으로 만날 수 있는 길을 열었다는 사실이 무척 새로웠습니다. 가시적으로 무언가를 생산해내는 일, 그것이 제게는 미지의 영역이에요.

오늘은 제가 공부하는 분야에 관해 이야기해보고자 합니다. 선생님의 이야기가 제게 신선한 충격이었듯 선생님에게도 제가 하는 공부가 그러하기를 바라면서 말이죠.

그래서 그 이야기를 쓰려고 보니 문학과 미술을 함께 공부하고자 시작했던 때와는 지금 제가 하는 공부의 방향이 조금은 달라졌네요. 큰 그림 속에서는 하나라고 할 수 있겠지만요. 일전에 말씀드렸던 것처럼 저는 글과 그림을 함께 하고 싶었습니다. 글도 쓰고, 그림도 그리는 작가가 되고 싶었던 것이죠. 매년 신춘문예 시즌이 되면 아쉽게 탈고한 작품들을 신문사에 보내고, 끙끙 앓기도 했습니다. 우체국에 가서 우편으로 부치기도 했지만, 정말 간절할 때는 직접 신문사에 가서 제출하기도 했고요. 작품 원고를 넣은 서류 봉투에 빨간펜으로 '신춘문예 공모 작품 재중'이라고 적으며, 당장 등단이라고 할 듯 심장이 두근거리는 그때를 잊을 수가 없네요. 지금 제 모습을 보면 저조차도 낯선 과거의 저입니다. 지금은 창작보다는 연구에 재능이 있다는 사실을 깨닫고 노선을 바꿨지만 말이에요.

처음 '연구'라는 걸 시작했을 때는 두 영역이 겹치는 듯 겹치지 않았습니다. 석사 논문으로 시인 백석과 화가 김환기를 다뤘던 것만으로도 알 수 있죠. 1930년대 우리 문예사를 살펴보는 방향에서 시인과 화가를 다뤘을 뿐이지 두 사람이 어떤 영향을 직접적으로 주고받았는지는 알 수 없었습니다. 적어도 서로의 글에 서로가 등장하는 일은 없었기 때문입니다. 1916년생인 백석, 그리고 1917년생인 김환기는 각자 시인과 화가로서 자신의 자리에서 활발하게 창작을 이어간 작가들이었습니다.

그래도 짐작해보건대 두 사람이 존재를 몰랐을 리는 없었으리라 생각합니다. 그 시대의 문단과 화단은 그리 넓지 않았으니까요. 하지만 기록으로 남아 있는 이렇다 할 '뭔가' 역시 없었습니다. 연구는 기록을 중심으로 이뤄지잖아요. 특히 근대 시기는 더더욱. 그래서 석사 논문을 쓸 때 가장 많이 받은 질문은 "백석과 김환기가 함께 활동한 기록이 있어?"였습니다. 굳이 따진다면 둘 다 문장지에 참여한 적 있다는 정도가 될까요? 그렇다고 해도 역시 두 사람이 뭔가를 같이 했다고 하기에는 무리가 있지요.

하지만 제게 두 사람이 뭔가를 함께했다는 것은 중요하지 않았습니다. 둘 다 1930년대를 살아냈던 작가기 때문입니다. 우리의 1930년대는 전통성과 모더니티가 함께할 수밖에 없는 시대였잖아요. 근대화로 새로운 문물이 쏟아져 들어왔지만, 전통적 모습을 간직하기도 했던 그런 시대요. 간단한 예로 의복만 보더라도 한복과 양복이 함께 존재하던 시기였습니다. 한복을 입은 사람들도 있었지만, 서양식 양복을 빼입은 사람들도 있었죠. 건축도, 음식도, 우리 주변의 모든 것이 그랬습니다. 예술이라고 달랐을까요.

그래서 그 전통성과 모더니티가 잘 녹아 있는 두 작가를 선정해 연구했습니다. 지금 보면 어설프고 부족한 점 투성인 논문이지만, 저 스스로 우리 근대의 한 단면을 이해하고 공부하는 데 많은 도움이 되었다고 생각합니다. 전통과 새로움 사이에서 고민하고, 그 고민이 결국 우리만의 예술을 만들게 됩니다. 그리고 당시 문인과 화가들의 고민이 제게까지 전해져 함께 고민할 수 있었죠. 물론 지금도 계속 공부 중이지만요.

박사 과정에 진학하고는 '문학과 미술의 침묵과 소통'이라는
소논문을 처음 발표하게 되었습니다. 이제 본격적으로 문학
과 미술에 관련된 목소리를 내보겠다는 포부였겠죠? 문학과
미술이 꼭 같은 시공간을 경유하지 않아도 서로 소통할 수
있다는 방식을 분석한 내용이었습니다. 그러려면 기반이 되
는 이론이 필요했고, 문학 비평 이론 책을 읽던 도중 눈에 번
쩍 뜨이는 부분을 찾게 됩니다. 테리 이글턴Terry Eagleton은
『문학 비평: 반영이론과 생산이론』이라는 책에서 모든 텍스
트에는 작가의 의도와는 상관없이 '텍스트의 공백'이 있다고
말하는데 여기에 영감을 얻게 됩니다.

> 이데올로기의 존재가 확실히 느껴질 수 있는 곳은
> 텍스트의 의미 있는 침묵들과 공백과 부재에서다.
> 비평가가 말하도록 해야 하는 것은 이 침묵들이다.
> 말하자면 텍스트는 어떤 것들은 말해서는 안 되도
> 록 이데올로기적으로 금지되어 있다. … 그 공백과
> 침묵, 즉 말해서는 안 되는 것을 드러내게 되어 있
> 다. 텍스트는 이런 공백과 침묵을 포함하는 까닭에
> 항상 불완전하다.

─테리 이글턴, 『문학 비평: 반영 이론과 생산 이론』,
이경덕 옮김, 까치, 1989, 50쪽

텍스트에는 언제나 침묵과 공백이 있을 수밖에 없습니다. 작가 자신이 자각하고 있거나 그렇지 않거나 말이죠. 이글 턴은 비평가의 역할이란 그 공백을 찾아내는 것이라고 하 는데요. 미술 작품을 하나의 거대한 텍스트를 본다면 그 안 에는 작가가 의도하지 않아도 공백이 존재하고 그 공백을 찾아내는 것이 비평가의 역할이라고 보는 것입니다. 따지 고 보면 작품을 감상하고, 그것에서 새로운 것을 쓴다는 행 위는 비평의 행위라고 볼 수도 있으니 작품에 영감을 받아 창작하는 모두가 비평가의 위치에 선다는 그런 내용이었습 니다.

그래서 미술 작품 속 침묵을 찾아낸 시인들의 작품을 분석 했어요. 구체적 사례로는 박수근의 그림에 숨겨진 침묵을 찾아내는 시인들을 들었습니다. 마치 지난 편지에서 소개한 이중섭의 작품을 보고 시를 쓴 시인들처럼 말입니다.

선생님의 편지를 받고 보니 지금 제가 하는 연구가 요철의 '합'일 수도 있지만, 다른 시각으로 보면 네모와 동그라미 사이 밖으로 밀려난 공백 같은 것은 아닐까 생각하게 되더라고요. 그래서 선생님의 편지를 받고 난 뒤 내내 즐거울 수 있었던 것입니다.

그런데 박사 논문을 준비하면서부터는 조금 다른 방식의 연구를 하게 되었습니다. 학교에 다니면서 논문을 썼던 석사 과정과 달리 박사 때는 시간이 꽤 걸렸습니다. 박사 과정에 입학하고 9년 만에 논문을 쓰고, 그다음 해 졸업했으니 꼬박 10년이 걸린 거죠. 박사 논문 주제를 잡지 못해 방황도 하고, 학교 일도 하다 보니 연구의 방향도 달라졌습니다. 수료 이후 학교를 쉬면서 인문학 강의를 하게 되었고, 그 강의를 준비하면서 박사 학위의 주제에 대해 생각해볼 수 있는 시간을 가졌습니다. 이번에는 문학과 미술이 서로 교류했던 흔적을 찾아보는 쪽으로 가본 것이죠. 어렴풋이 근대 시기 우리의 문학과 미술이 서로에게 영향을 끼쳤다는 사실을 알고 있었음에도 공부를 시작하자 생각보다 더 많은 교류가 있었음을 알 수 있었어요. 우리 근대 문예사에서 문학과 미술은 떨어트려 생각할 수 없을 정도로 다양한 교류를 이어 갔습니다. 당시 작가들은 문인이니 화가이니 구분을 지을 필요 없이 글을 쓰기도 하고, 그림도 그리며 서로의 예술 의식에 영향을 끼쳤습니다. 그래서 이번에는 그 흔적을 따라가 보기로 했지요.

선생님, 우리 전시장에 갔을 때 기억하나요? 선생님은 현대
미술관 덕수궁에는 자주 가지 않았다고 하셨죠. 그런데 저
는 덕수궁을 가장 자주 갔어요. 그곳에 들어가면 몸이 알아
서 움직일 정도로 자주 갔고 가장 좋아하는 장소예요. 제가
덕수궁을 좋아했던 이유는 주로 근대 미술전이 열렸기 때문
이었어요. 그래서 국립현대미술관이라고 하면 저는 덕수궁
을 가장 먼저 떠올리는데 서울관이나 과천관을 떠올리는 사
람들도 있더라고요. 각각 전시관이 나름의 특색을 가지는
것 같아 재미있기도 하네요.

저는 근대기의 작품들이 좋아요. 왜 그럴까요? 일전에 말씀
드린 것처럼 문학도 그래요. 근대 시기, 새로움과 전통이 혼
종되고, 갈등의 고민을 담은, 그리고 일제 강점이라는 뼈아
픈 역사가 드러난 그 시기의 작품을 읽는 것이 좋았어요. 문
학도 그렇고 미술도 그렇습니다. 그 당시 시인들의 언어가,
그리고 화가들의 그림이 저한테 가장 울림을 주는 것 같아
요. 이왕이면 좋아하는 일을 하는 것이 좋잖아요!

그래서 연구 주제를 선정할 때도 당연히 이 시기를 잡았습

니다. 박사 논문도 1910년대부터 시작해 1940년대까지 흘러 갔고, 이후 발표하는 소논문도 이 시대를 벗어나지 않고 있 네요. 언젠가는 시대를 벗어나 이 시대의 이야기를 다루는 순간이 올 수도 있겠지만, 지금 당장은 이 시기의 작품을 주 제로 삼을 것 같아요. 여전히 할 말이 많거든요. 그럼 이 시 대의 문학과 미술은 어땠을까요?

이 시기의 문학과 미술의 교류는 문학 혹은 미술 작품을 보 고 영감을 받은 경우도 있지만, 문학과 미술을 함께 하기도 했고, 문인이나 화가의 구분 없이 서로의 장르에서 활약하 며 경계없이 이뤄졌습니다. 널리 알려진 나혜석이나 이상과 같은 작가들은 문학과 미술 작품 창작을 동시에 했던 작가 들이죠. 최초의 여성 화가로 유명했던 나혜석이지만, 수많 은 소설과 수필, 미술평으로 문필 활동도 겸했다는 사실은 많이 알려지지 않았죠. 보통 문학사에서 1917년 김명순의 『의심의 소녀』를 최초의 여성 작가 소설로 꼽지만, 나혜석이 이미 그 전에 『부부』라는 소설을 발표했을 거란 연구도 나와 있을 정도로 앞선 활동을 펼치기도 했습니다. 특히 『경희』라 는 소설은 지금 읽어도 세련된, 완성도 높은 작품이에요. 김 동인이 1919년, 현진건이 1920년에 데뷔했다는 사실을 생각 해보면 얼마나 앞서가는 작가였는지 알 수 있죠. 그 외에도 나혜석이 쓴 글만 모은 책의 두께가 웬만한 전공 서적보다 두꺼운 것을 봤을 때, 그림을 그리는 일만큼 글도 열심히 썼음을 알 수 있습니다.

이상은 말할 것도 없죠. 우리 문학사에 참 굵은 글씨로 남아 있는 작가니까요. 근대 문학의 슈퍼스타라고 할까요? 이상이 총독부 주관의 조선미술전람회에 입선한 화가라는 사실, 그리고 박태원의 『소설가 구보 씨의 일일』의 삽화를 그렸던 경력으로 봤을 때 미술에도 특별한 재능을 가졌음을 알 수 있습니다. 사실 '이상'이라는 이름도 그래요. 이전까지 건설 현장에서 조선인을 부르는 대표적 성씨로 "이씨"라 불려 '이상'이라는 필명을 지었다거나 이상의 세계를 그린다고 해서 '이상' 혹은 이상하다고 해서 '이상'이라고 한다는 등 다양한 가설이 존재했죠. 그런데 그와 절친했던 화가 구본웅의 가족이 남긴 이야기에서 보면 이상이 미술 도구가 갖춰진 상자를 좋아했기에 '상자 상'자를 써서 '이상'이라는 필명을 썼다는 기록이 있어요. 이상이 했던 건축 일도 미술과 무관하지 않고요. 이상이 우리나라 최초의 화가인 고희동의 제자였던 점을 생각하면 그가 미술과 가깝게 지낸 것은 우연이 아니라는 생각도 듭니다.

그런데 위와 같은 연구는 이미 많이 진행되어서 저는 그렇지 않은 분야를 중심으로 연구를 이어가고자 했습니다. 얼마 되지 않지만, 제가 진행하는 연구를 정리하면 총 세 가지 방향으로 분류할 수 있습니다. 첫 번째는 미술 비평에 참여했던 문인들의 글을 분석하는 연구입니다. 이광수, 이태준, 김기림, 심훈은 근대 시기 미술 비평에 참여했던 대표적 문인인데요. 이들의 미술 비평문에 관한 단독 연구는 거의 없었죠. 이유는 간단합니다. 그들이 쓴 미술 비평문이 몇 편 되지 않습니다. 한두 편이 다 인 경우가 많아요. 그러니까 이 문인들이 쓴 비평문이—사실 비평문이라고 할 수 있을지에 관한 논란도 있어요. 미술 비평사에서 전문적 미술 비평가의 출현은 1950년대로 잡고 있거든요— 그들의 예술 세계를 보여준다고 볼 수 없었던 것이죠. 하지만 그 글을 잘 뜯어보면 문학 작품에 나타나는 예술 의식을 찾을 수 있습니다. 미술 작품을 보고 받은 영감이 녹아 있기 때문이에요.

두 번째는 화가들의 문필 활동을 분석하는 것입니다. 저는 아무래도 문학에 치중하기 때문에 분석의 방향도 '글자'를 중심으로 이어가고 있네요. 당시 문인들이 미술 비평 활동에 참여했던 것뿐 아니라 화가들도 문필 활동에 진심을 다했는데요. 이 역시 화가들의 글이라는 점에서 많은 연구가 이뤄지지 않았습니다. 우리가 일제 강점과 전쟁, 그리고 해방 등 역사적 굴곡을 겪으면서 많은 수의 작품을 잃을 수밖에 없었잖아요. 그래도 남아 있는 글들을 통해 당시 작품을 짐작해볼 수 있다는 사실이 다행이라고 생각해요.

마지막으로 교육에의 적용이에요. 선생님의 활동이 '실천'에 있다고 부러워했던 거 기억하시죠. 저 역시 늘 그런 고민이 있어요. 제가 공부하는 것이 실제 생활에 적용될 수 있는가에 관한 고민이요. 그리고 이를 교육에 최대한 적용하려고 합니다. 특히 저는 글쓰기와 인문학 수업을 주로 하기에 이런 수업에 미술 작품이라는 시각적 매체를 활용하는 방안으로 연구를 이어가고 있어요.

이런 연구의 실제를 말씀드리면 다음과 같아요. 예를 들면 백석과 친우 관계였던 화가 정현웅이 삼사문학 동인으로 활동하며 썼던 시를 분석하는 것이었죠. 안타까운 건 정현웅의 '시'에 대한 연구는 이전까지 이뤄지지 않았다는 사실이었어요. 물론 정현웅은 '화가'로서 더 활발한 활동을 펼쳤기에 미술 쪽으로 연구가 더 많이 될 수밖에 없었죠. 그래도 초현실주의 작가로 창작과 동시에 시론을 발표하기도 했던 문필가로 연구가 되었을 법도 한데 지금까지 크게 주목받지는 못하고 있는 것 같습니다. 문학이 미술 곁에 머물렀던 당시에 비해 지금은 서로의 장르에 대한 교류가 너무 적은 것 같다는 생각도 드네요.

글과 그림에는 작가의 예술 의식이 반영될 수밖에 없죠. 그런데 그림에는 자신의 생각을 구체적으로 드러낼 수는 없잖아요. 당시 화가 정현웅은 자신이 추구하는 예술 방향을 글을 통해 드러내고자 했어요. 그건 시가 되어 나타나기도 하고, 미술평을 통해 드러나기도 했죠. 정현웅의 글을 읽으며, 그의 그림을 조금 더 깊게 이해할 수 있었고, 그리고 당시 문예사에 대해서도 더 넓게 볼 수 있게 된 것 같아요.

그리고 화가들의 글을 조금 더 찾아보기로 했어요. 그래서 서양 화가에서 동양 화가로 전향한 김용준의 수필과 『문장』에 참여했던 서양 화가인 길진섭의 문필 활동에 관한 연구도 할 수 있었습니다. 시인 이상과 결혼했고, 화가 김환기의 아내로 평생을 살았던 김향안의 수필도 읽을 수 있었고요. 이 화가들은 당시 우리의 예술이 어떤 길로 나아가야 할지에 대한 고민을 많이 했고, 그것이 글로 표현되어 있었어요. 특히 화가들의 글을 읽는 것은 그들이 남긴 미술 작품과 비교해볼 수 있다는 점에서 독특한 매력을 지녔습니다. 글자로 표현하는 것을 시각적으로 확인할 수 있으니까요. 특히 김용준은 글도 자신의 그림처럼 써서 '문인화식 글쓰기'라는 제목을 붙이기도 했습니다. 정말 신기하죠? 분명 '글'과 '그림'이라는 서로 다른 장르임에도 본인이 가진 일관된 예술 의식으로 통일된 느낌을 주니까요. 『문장』으로 활동했던 길진섭이나 미술 비평을 주로 발표했던 김종태의 글 역시 그들의 예술 세계를 보여주는 데 일조했죠. 황술조나 김중현 같은 화가들은 문필 활동을 직접적으로 하지는 않았지만, 그들의 작품에 대한 평을 통해 어떤 예술 세계를 가졌을지 짐작이 가능하게 하기도 했고요. 아시다시피 우리 역사는 일제 강점과 해방, 다시 전쟁이라는 굴곡을 겪으면서 많은 수의 미술 작품을 잃을 수밖에 없었지요. 작품을 보관한 창고가 불에 타 없어지거나 북으로 넘어가 작품들이 뿔뿔이 흩어지거나 했죠. 그래도 문인들이 쓴 비평문이나 기사문, 그리고 화가들이 직접 남긴 글들을 통해 작품에 대해 짐작할 수 있으니 다행이라고 해야 하겠죠?

문인들의 글도 마찬가지입니다. 이광수나 심훈, 그리고 이태준과 김기림은 우리 문학사에서도 다양한 각도로 연구되는 작가들이죠. 지금 언급한 작가들에 대한 논문은 지금도 쏟아져 나오고 있습니다. 그만큼 글도 많이 썼고, 해석할 여지도 많죠. 그런데 그에 비해 그들이 쓴 미술 비평문은 많이 언급되지 않은 편이었어요. 미술 작품을 감상하고 그에 대한 평을 드러내고 있어 어찌 보면 자신의 예술 의식을 직접적으로 드러내고 있다고 할 수 있는데도 말이죠. 그래서 비교적 미술 비평을 많이 남긴 이태준부터 이광수가 쓴 세 편의 미술 비평문과 단 한 편의 미술 비평문만 남긴 심훈과 김기림의 글을 분석하기도 했습니다. 편수가 많지 않아 연구하는 데 어려움은 있었지만, 이 시기 문인들이 남긴 미술 비평을 통해 그들의 예술 세계를 더욱 심도 있게 이해할 수 있게 된 시간이었어요.

지금도 시간이 허락하는 대로 당시의 글을 읽고, 분석하고 있습니다. 한 문장 안에 담긴 내용이 너무 많아 어려울 때도 많아요. 그럴 때는 솔직히 하기 싫어집니다. 특히 한자를 찾는 일은 정말 고역이죠. 잘 보이지도 않는 신문을 확대해서 들여다보고 있을 때는 속이 답답해서 터질 것 같기도 해요. 시력도 많이 안 좋아진 것 같습니다. 그래도 막상 글을 다 쓰고 나면 그렇게 뿌듯할 수가 없어요. 분명히 남아 있지만, 선명하지 않았던 것을 더욱 선명하게 만든 기분이 들거든요.

선생님. 저는 우리가 이런 작업을 함께 이어갈 수 있으리라 생각해요. 화가를 미술의 경계에 가두지 않고, 문인을 문학의 굴레에서 벗어나게 하는 것이죠. 잊히지 않도록, 세상 밖으로 꺼내어 다시 이야깃거리로 만드는 것이에요. 무엇보다 연구하면서 1930년대에 인쇄되었을 글자를 읽는 일은 시간과 공간을 초월하는 기분이 들어 멈출 수 없게 됩니다.

정신없이 쓰고 보니, 어째 재미없는 이야기만 늘어놓은 기분이 드네요. 지난 편지를 받고 선생님이 해왔던 작업에 대해 어느 정도 이해할 수 있었어요. 그래서 이번에는 제가 했던 연구를 보여드리고 싶었는데 그러다 보니 지루하고 재미없을 이야기들만 늘어놓은 건 아닌지 걱정됩니다. 그래도 꼭 한 번은 이렇게 이야기를 하고 싶었어요. 앞으로 우리가 함께 많은 이야기를 이어갈 수 있지 않을까 기대하면서요.

선생님, 이제 선생님의 '앞으로의' 이야기를 듣고 싶어요. 앞으로 어떤 공부를 하고 싶으신가요? 선생님과 제가 함께할 수 있는 부분이 있지 않을까 싶기도 하고요. 저도 고민해볼게요. 오늘도 역시 어수선한 편지였던 것 같아요. 답장을 기다릴게요. 감기 조심하세요.

추신. 위에 언급한 '구본웅의 가족이 남긴 이야기'에 화가 구본옹의 자손이자 팩션 공모작 수상작인 「이상 나혜석 구본옹」의 주인공인 구광모 선생님이 우리와 함께 비교문학을 공부했다는 사실을 아시나요? 신 선생님께는 선배님이 되겠어요! 행정학 교수님이셨는데 은퇴 후 비교문학을 공부하셨죠. 박사 논문으로 친일 문학을 다뤘고요. 운이 좋게도 구광모 선생님과 학교를 같이 다닐 수 있어서 많은 것을 듣고, 배우기도 했어요. 비교문학은 정말 재미있는 학문인 것 같아요! 공부 자체도 그렇지만, 이렇게 다양한 분야에서 공부하는 연구자들을 만나는 것도 즐겁죠. 누군가는 우리를 만나, 또 재미있다고 생각하지 않을까요?

강정화 드림

헤비급, 〈감은 눈으로〉, 2021(《sonans:오이디푸스왕과 함께》,
삼일로창고극장, 연출: 박한결) 공연 사진.

미술이라는 '언어'

선생님, 안녕하세요.

간간히 전해주신 소식만으로도 지난가을 얼마나 숨 가쁘게 보내셨을지 짐작할 수 있었어요. 그래서인지 오랜만에 보내주신 편지가 더욱 소중하게 여겨집니다. 저도 거리두기 단계 격상 이후 대부분의 시간을 실내에서 보내고 있습니다. 그러고 보니 '사회적 거리두기', '집합 금지', '자가 격리', '비대면 수업'…. 이전에는 전혀 쓰지 않았던 단어들이 정말 순식간에 우리 일상으로 스며든 것 같네요. 하지만 어려운 상황 속에서도 매번 새로운 대안을 마련하고, 그 안에서 또 다른 형태의 일상을 지속해 나가는 것을 보면 사람의 삶이라는 것이 참 경이롭다는 생각도 하게 됩니다. 선생님, 그래도 요즘 같은 시기는 무엇보다 건강이 가장 중요하니까요.

너무 무리하지 마시고 맛있는 음식 잘 챙겨 드시면서 몸과 마음 건강히! 챙기면서 공부하시기를 바랄게요.

선생님의 편지를 받자마자 바로 답장을 쓰려 했습니다. 하지만 저도 편지를 꺼내 들기까지 보름이나 걸렸네요. 핑계가 될 만큼 바쁜 일도 없었는데 말이에요. 솔직히 말씀드리면 게으름을 조금 피웠습니다. 여유 부릴 때가 아닌 줄 알면서도 자꾸만 미뤘습니다. 마음은 급한데 책상에 앉지는 못하겠고, 겨우 앉아도 한 글자도 쓰지 못하는 시간이 이어졌어요. 시간이 갈수록 불안해지고, 불안하니 또 외면하게 되는…. 악순환이 반복됐달까요. 더 버텼다가는 괴로움만 가중될 것 같아서 오늘 아침 마음을 가다듬고 다짐했습니다. '일단 무슨 말이라도 쓰자, 쓰기 시작하자!' 눈 딱 감고 인사말부터 적어내려 갔어요. 말문을 열고 나니 그동안 왜 그렇게 편지 들기를 망설였는지 이제야 조금 알 것 같습니다.

선생님, 저희 이번 편지에서 '앞으로의' 이야기를 나누기로 했지요? 어떤 공부를 이어갈지에 대해서요. 짐작컨대 저는 앞으로의 연구에 대해 어떤 부담감을 갖고 있었던 것 같습니다. 특히 연구 주제에 관해서라면 확신을 갖고 말하기가 어려웠던 것 같아요. 어떤 날은 오직 나만 연구할 수 있는 주제를 발견했다고 들떴다가도 이미 선배들이 이뤄 놓은 업적임을 깨닫고 실망할 때도 있고, 또 다른 날은 일평생 매진할 만한 주제를 찾았다고 벅찼다가도 특정한 분과 학문에 속하지 못하는 이 연구가 과연 학계 내에서 어떤 효용성을 가질 수 있을지 소침해지기도 했고요. 여러모로 확신이 안 서니 입을 떼기조차 어려웠던 거죠. 글로 이야기를 전하는 편지의 특성상 되도록 모호하지 않으면서도 연구에 대한 좀 더 명확한 방향성을 덧붙이고 싶은 욕심도 있었던 것 같고요. 결과적으로 잘 쓰고 싶은 마음이 지나치게 앞선 나머지 정작 이야기는 시작도 못하고 시간만 지체하면서 괴로움을 자초하고 있었던 거예요. 답장 기다리셨을 선생님을 생각하니 마음이 무겁습니다.

시작부터 말이 길어졌네요. 그래도 선생님, 선생님께서는 왠지 제 고민에 공감해주실 것 같아서요. 푸념 같지만 용기 내어 속마음을 전해봅니다. 이렇게 뜬금없지만, 또 정성스러운 자기 고백이 편지라는 매체의 매력이기도 하잖아요? 먼 훗날 저와 비슷한 망설임을 겪는 연구자가 이 편지를 발견하고는 '아, 나만 그렇게 아니었구나'라며, 위로를 얻고 계속 나아갈 용기를 얻는다면 좋겠습니다. 선생님, 선생님은 어떠셨나요? 지난 편지에서 박사 논문을 완성하기까지 9년의 시간이 걸렸다고 하셨죠. 그 시간에 분명 저와 비슷한 고민을 하셨겠죠? 그래도 저는 두렵고 막막한 이 길을 선생님과 함께 걸을 수 있어서 참 다행이라고 생각합니다.

그러니 너무 먼 미래에 대해 생각하며 불안해하기보다는 현재 제가 관심 갖고 있는 분야부터 하나씩 이야기하는 것에 집중해볼게요.

선생님, 사실 선생님의 편지를 읽기 전까지 제 전시가 '실천'의 성격이 있다는 것을 인지하지 못했어요. 하나의 결과물을 다른 장르로 옮겨가보자, 그럼 과연 어떤 일이 일어날까, 정도의 호기심에서 시작된 작업이었으니까요. 그런데 이 작업을 연구자와 감상자, 독자의 관계 내에서 읽어주시다니! 선생님과 대화하다 보면 역시 오랜 기간 단련되어 온 연구자의 시각은 남다르구나, 하는 것을 새삼 깨닫게 됩니다. 사고가 예리해지는 느낌이랄까요.

먼저 실천이라는 단어가 유독 제게 와닿았던 배경에 대해 이야기하면 좋을 것 같다는 생각이 듭니다. 이야기가 조금 돌아갈 수도 있겠지만, 제가 앞으로 연구할 내용과 교차점이 있는 것 같아서요.

일전에도 말씀드렸지만, 저는 처음에는 미술을, 다음에는 문학을 공부했고 나름의 연구를 지속해 왔습니다. 아마도 미술에 대해서도, 문학에 대해서도 어느 정도는 알고 있다고 생각했기 때문에 이 둘을 연결할 공부로 비교문학을 택했던 것이었겠죠. 그런데 두 장르를 기준점에 두고, 연구의 방향을 잡아갈수록 과연 이 연구가 '비교문학'이라는, 그러니까 일종의 '문학 연구'의 영역만으로 귀결될 수 있을까 하는 의문이 들기 시작했습니다. 저희가 지금까지 나눈 이야기들만 봐도 미술과 문학을 동시에 연구한다는 것에는 굉장히 복잡한 여러 사안이 얽혀 있잖아요. 미술 작가와 시인, 소설가와의 관계, 그들이 머물렀던 시대적 배경, 그리고 이미지와 텍스트를 넘나드는 대화 같은 것들이요. 이 모두를 '문학 연구' 안에 담아내야 하는 것이 제게 조금은 버겁게 여겨졌습니다. 그래서 이들을 포괄할 만한 좀 더 넓은 사유의 틀 혹은 연구 방법론은 없을까 고민하게 됐죠. 그러던 중 '문화'라는 단어에 대해 생각하게 됐어요.

선생님, 저희가 공부하는 전공은 '비교문학'이지만 정식 명칭은 '비교문학문화'이기도 하잖아요? 비교문학을 공부하기 시작한 시점에 저는 가끔 이런 의문을 품었습니다. '문학' 뒤에 마치 그림자처럼 붙어 있는 저 '문화'의 의미는 무엇일까.

처음에는 그저 조금 궁금하다, 정도였지만 시간이 갈수록 그 궁금증의 부피가 불어나는 것을 느꼈어요.

그러나 '문화 연구' 대해서라면 부끄럽지만, 박사 과정에 진학하기 전까지 문자 그대로 금시초문이었다고 표현하는 게 맞을 것 같아요. 제게 '문화'라는 것은 개인과 사회가 상호 관계 하는, 어떤 무한의 영역 정도로만 이해되고 있었으니까요. 그런데 잘은 몰라도 미술과 문학을 나란히 두고 관찰한다고 상상했을 때, '문화'는 그 둘을 동시에 내려놓을 수 있는 충분한 크기의 캔버스가 되어줄 수 있을 것 같았어요. 문제는 그 캔버스가 커도 너무 커서 도대체 어디서부터 어떻게 가늠해야 할지 당혹스러웠다는 것이지만요.

이럴 때는 고전적 방법이 제격이죠. 문화 연구의 계보부터 짚어 보기로 했습니다. 지난 학기 운 좋게도 문화 연구 세미나에 합류하게 되어 여러 선생님과 함께 문화 연구 고전 서적들을 강독하고, 토론에도 참여할 기회를 얻었습니다. 1960년대 중반, 영국에서 촉발된 문화 연구가 본격적인 학문으로 자리 잡고 현재까지 지속되어 온 과정을 공부하면서 연구 방법론뿐 아니라 연구의 사회적 역할에 대해서도 완전히 새로운 시각을 갖게 되었어요. 특히 스튜어트 홀Stuart Hall

의 '이론적 실천'에 관한 논의는 박사 논문을 준비 중인 지금
도 많은 힌트를 주고 있습니다.

개입으로서의 이론, 행동으로서의 이론에 관심을 기울이자
는 내용인데요. 둘 혹은 그 이상의 이론을 연결해 기존의 이
론적 틀이 갖는 한계에 도전하자는 것입니다. '상식적 지식'
에 대한 도전은 새로운 지식의 장을 열게 되고, 이 작업을 도
구 삼아 특정 순간에 발생한 실제 사건에 반응하는 것을 문
화 연구의 중요한 역할로 보고 있습니다. 그 역할이 충분히
수행됐을 때 비로소 이론은 '실천'에 다가갈 수 있고, 우리는
우리가 살아가는 현실을 새로운 국면에서 해석할 수 있는
수단을 얻게 되는 것이고요.

문화 연구는 본래 전통적인 문학 연구에서 촉발됐지만, 문
학 텍스트 분석에만 머물지 않았습니다. 작가가 작품을 창
작하게 된 정치 사회 문화적 배경을 두루 살핌으로써 예술
의 진정한 의미에 다가가고자 했어요. 그리고 이를 통해 일
상적 삶 속에서 일어나는 다양한 현상을 새로운 시각에서
바라보도록 독려하는 것. 이것을 연구의 실천적 과제로 삼
았습니다. 저는 이전까지는 반의어라고 여겼던 '연구'와 '실
천'이라는 단어가 하나의 맥락에서 연결되는 것을 보고 어

떤 희열을 느꼈습니다. 그래서 선생님께서 제 전시를 '실천'으로 읽어주신 것을 보고 한참 흥미로운 상념에 빠질 수 있었던 것입니다.

저는 문화 연구가 취하는 연구 방법론, 그리고 학문적 태도에 영감을 받아 연구의 구조를 잡아 나가고 있습니다. 앞으로의 연구는 서로 다른 두 장르인 미술과 문학 이론을 연결해 기존의 미술 혹은 문학이론이 갖던 한계에 도전하는 것, 그리고 이를 통해 한 시대의 문화를 새롭게 해석할 수 있는 일종의 '이론적 실천'을 이루는 것을 목표로 삼았어요. 그리고 선생님께서는 너무나 잘 아실 테지만, 한국의 근대 시기는 이 연구의 목적을 이루는 데 가장 적절한 시대적 배경이라 생각합니다.

조금 더 구체적으로 말씀드리면 저는 앞으로 이런 연구를 발전할 계획입니다. 근대 시기 번역어로서의 '미술美術' 개념을 추적하는 것이죠. 단어가 유입되고 자리 잡아 가는 과정을 연구하면서 1800년도 후반부터 1930년대까지 근대 한국의 예술 인식과 문화를 살펴보는 것이에요. 그러고 보니 미술과 문학을 연구한다더니 왜 뜬금없이 '번역어'인지 궁금해하실 수도 있을 것 같네요.

동양과 서양의 문학 개념사를 비교, 고찰하고 일본의 문학 개념을 새롭게 밝혀낸 스즈키 사다미鈴木貞美는 『일본의 문학개념』에서 '습관이 되어버린 말'도 그 역사를 조사해보지 않는 한 그 기원과 역사는 의식될 수 없다는 의미심장한 이야기를 했습니다. '문학'이라는 말 또한 그중 하나인데 1980, 1990년대에 걸쳐 이른바 '문학의 종언'이라는 단어가 대두되었을 때에도 종언을 고하게 된 '문학'이라는 개념도 여전히 애매한 위치에 있었다는 것이에요. 그렇다면 도대체 '문학'이 의미하는 것이 무엇이며, 이 단어는 어디서 발생해서, 어디를 향해 발언 된 것인가를 알아야 하는데, 그 개념의 궤적을 찾는 것이야말로 과거와 현재를 관통하는 일본 문학의 특수성을 밝히는 일이라고 주장했습니다.

유사한 맥락에서 비교문화 연구자 야나부 아키라柳父章는 『번역어 성립』이라는 책을 통해 '사회'라는 말을 알기 이전에 '사회'에 해당하는 의미가 없었으며, '미'를 알기 이전에는 '미'라는 개념이 없었다고 말합니다. 주로 근대에 유입된 번역어의 역사에 대해 고찰한 연구자인 아키라는 번역어를 단순한 말의 문제로만 보지 않았습니다. 말을 인간과의 관계 속에 두고 문화적 사건의 요소라는 측면에서 파악하고자 했죠.

동아시아에서는 근대 이후 서구 문명의 학문, 사상을 받아들이는 과정에서 신조어가 생겨나기도, 기존의 단어를 번역어로 차용하기도 했잖아요. 이 과정에서 기존의 의미와 새로운 의미가 한 단어 내에서 혼재되는 현상이 발생하기도 했고요. 어쩌면 지금 우리가 알고 있고, 사용하는 몇몇 단어는 여러 형태의 뒤틀림을 겪은 후 살아남은 것들이라고 할 수 있겠네요.

그런데요. 선생님, 한국의 근대라는 것은 식민지 일본이라는 매개가 더해져 좀 더 특별한 정황을 갖고 있었잖아요. 당시 한국은 '한자' 중심의 어문 체계를 공유하던 일본, 그리고 중국의 번역 성과를 매개로 나름의 번역장을 구축했고, 때문에 '중역'의 방식이 작동할 수밖에 없었던 것이에요.

최근 '번역'이라는 시각에서 한국 근대 문학의 풍경을 재조망하는 연구들이 많이 진행되는 것으로 알고 있어요. 반면 아직까지 번역어의 관점에서 '미술'이라는 개념이 근대 시기 어떤 경로를 통해 새롭게 유입되었고, 창작자와 비평가의 손을 거쳐 어떻게 재생산되고, 정착되었는지에 관한 연구는 본격적으로 이뤄지지 않은 것 같아요.

확인한 기록에 따르면 '미술'이라는 신조어는 1884년에 처음 등장했습니다. 하지만 사실 '미술'이라는 단어가 없었다고 해서 그 이전에는 '미술'이라는 개념이 없었다고 말할 수는 없잖아요. 중요한 것은 이 단어가 등장하고 자리 잡는 과정 속에 미술이라는 개념에 대한 새로운 인식, 문화적 변화가 생겨났다는 사실에 있는 것 같아요.

또한 선생님께서 가장 잘 아시는, 너무나 매력적인 근대 시기는 전통성과 모더니티가 함께 공존하던 시기였고, 이때 이제 막 일본을 경유하여 한국에 도달한 '미술'이라는 번역어는 몇 번의 연쇄와 굴절을 거치면서 종래의 'fine art'와는 다른 개념으로 자리 잡아 가고 있었습니다. 그리고 이러한 재맥락화가 당대의 화가뿐 아니라 문인의 비평 활동을 통해서도 심화되었다는 사실은 매우 흥미롭게 다가오죠.

선생님, 그러니까 저는 앞으로 근대 시기부터 시작된 '미술'이라는 개념의 역사를 연구해보려 해요. 그 과정에서 문인이 남긴 기록은 아주 귀한 사료가 될 것으로 예상하고 있습니다. 그뿐 아니라 당대의 기사나 잡지, 전람회 카탈로그도 꼼꼼히 살펴보는 작업도 선행되어야 할 것 같습니다.

지난 편지에서 들려주신 선생님의 연구 이야기는 제게 정말 많은 귀감이 되었습니다. 박수근 그림의 숨겨진 침묵을 찾아낸 시인들에 관한 연구부터, 근대 시기 문학과 미술이 교류한 흔적을 찾아가는 과정까지! 여기서 하나하나 거론할 수 없는 것이 아쉬울 지경입니다. 그러고 보니 문학과 미술을 함께하는 사람이 되고자 시작된 선생님의 연구와, 현장의 미술에서 시작된 제 연구가 시공간을 초월해 결국 근대 시기에서 만났네요. 제게 근대의 예술가 이야기는 아직 안개 속을 떠다니는 반딧불이처럼 희미하게 반짝이는 형상이지만요. 선생님과 더 많은 이야기를 나누고, 공부하면서 하루 빨리 근대의 이야기 속으로 뛰어들고 싶습니다. 그렇게 되면 우리가 함께할 수 있는 연구도 더 많아지겠죠? 선생님, 아직 할 말이 많이 남았지만, 다음을 기약하며 이만 줄여두겠습니다. 좋은 하루 보내세요!

추신. 선생님, 지난 편지에 적어주신 시인과 화가의 '침묵의 소통'을 읽고나서 동시대 몇몇 동시대 작가가 떠올랐어요. 시각 예술가 안규철은 2015년 마종기 시인의 시 「안 보이는 사랑의 나라」에 영감을 받아 국립현대미술관에서 동명의 전시 《안 보이는 사랑의 나라》라는 대규모 개인전을 선보인적이 있어요. 혹시, 알고 계셨나요? 진정한 사랑이 존재하는 나라를 상상하며 기획한 전시였다고 해요. 시에 영감을 받은 전시인 만큼 전시장 가운데에 관객들이 문학 작품을 필사하는 방, '필경사의 방'이 마련되기도 했어요. 그곳에서 관객들은 직접 글을 쓸 수 있었고, 그 참여의 과정까지도 작품의 일부로 포함되기도 했죠.

세계적으로 유명한 설치 미술가 이불 역시 문학과 침묵의 소통을 한 것일까요? 이불은 본인의 작품 활동을 시작한 초기에 "최승자의 시로부터 엄청난 영향을 받았다."고 말하기도 할 만큼 그의 시를 아꼈는데요. 그래서인지 설치 미술가 이불의 초기 퍼포먼스를 보면 최승자 시의 영향력이 스며 있는 것을 금새 알아차릴 수 있습니다. 이불 작가가 괴물 복장을 한 채 일본 도쿄 일대를 누빈 퍼포먼스 작품 〈수난유감—내가 이 세상에 소풍 나온 강아지 새끼인 줄 아느냐〉(1990)는 최승자의 시 「다시 태어나기 위하여」의 한 구절에서 따왔다고 해요.

선생님, 이번에는 미술가가 시인의 공백을 찾아낸 케이스네요. 조만간 서울시립미술관에서 이불의 개인전 《이불: 시작》이 열린다는 소식을 들었어요. 코로나 상황이 조금 나아지면 함께 전시 보러 가고 싶네요. 자유로웠던 날들이 하루 빨리 돌아오기를 바라며….

신이연 드림

그럼에도

선생님!

늦은 저녁부터 펑펑 내리기 시작한 눈이 새벽을 지나는 지금 이 시각까지 차곡차곡 쌓이고 있습니다. 올 겨울은 유난히 눈이 많이 내리네요. 코로나로 크리스마스가 어떻게 지났는지, 연말 분위기도 없이 그렇게 지낸 것이 아쉬워 더 자주 눈이 내리는 것 같습니다. 아침이 되면 빙판길에 울상이겠지만, 지금은 눈이 내리는 겨울밤의 분위기를 마음껏 누리고자 합니다.

눈 얘기로 시작했지만, 사실 오늘은 입춘이었어요. 2월이니아직 따뜻해지려면 멀었지만, '봄'이라는 단어 하나로 또 조금은 설레는 기분을 느껴 보네요. 사람이 생각보다 참 단순한 것 같지 않나요? 날씨 하나에 기분이 이렇게 달라질 수 있다니.

'앞으로의 이야기'를 자꾸만 피하고 싶었다는 선생님의 말, 충분히 이해합니다. 부담스럽고 어렵지요. 이게 맞는 이야기인지 아닌지, 확신이 들지 않을 때 그 난감한 기분도 이해합니다. 좋은 아이디어가 떠올라 한창 구상하고 글로 쓰다가 이미 그에 대해 앞선 연구자들이 연구한 결과가 있다는 사실을 알아차린 경험도 여럿 있고요. 아, 이 세상에 새로운 말은 이제 아예 없는 것인가, 좌절했던 기억도 납니다.

선생님의 편지를 받고 그간 얼마나 많은 고민에 고민을 거듭하였을지 눈앞에 그려지듯 선합니다. 우리의 편지가 시작되고 해를 넘겼으니 많은 변화도 있으리라 생각되네요. 조언할 만큼 할 수 있는 말이 많지 않지만, 그래도 이것만은 확실합니다. 주제를 잡는 것으로 이미 반을 한 것이에요. 지금 그 '반'의 작업을 하는 중이니 지치지 말고 계속 부지런히 나아가기를 바랍니다. 선생님 옆에서 도움이 되는 동반자가 될 수 있었으면 하는 마음도 같이요.

그리고 마지막 '추신'을 읽고, 정말 선생님과 이야기를 나눌 수 있음에 감사하다는 생각을 했습니다. 안규철 작가와 마동기 시인의 전시 이야기와 이불 작가 이야기 말이에요. 선생님의 편지를 받고 나서야 저는 늦은 검색으로 이런 훌륭한 전시가 있었다는 사실을 알게 되었습니다. 제가 근대 시기에 머무는 동안에도 문학과 미술은 이렇게 많은 이야기를 펼치고 있네요. 선생님 덕분에 제 연구의 영역이 더 넓어질 수 있겠다는 기대도 해봅니다.

지난 편지에서 선생님이 정말 중요한 이야기를 해주셨어요. '언어'에 대한 고민이요. 미술 개념이 없었던 것은 아니지만, 미술이라는 말을 쓰게 된 이후 미술에 대한 개념이 생겼다는 말. 언뜻 보면 말장난 같은 말이지만, 가만히 생각해보면 그 힘을 알게 하는 말이기도 합니다. 언어가 가진 힘 말이에요.

학생들을 만날 때 그런 질문을 할 때가 있어요. "이 연필은 내가 연필이라고 불러서 연필일까, 아니면 내가 연필이라고 불러서 연필일까?" 이제 막 대학교에 입학한 대학생들의 표정에 아리송함이 떠오릅니다. 연필이라고 배워서 연필이라고 말한 것뿐인데 내가 연필이라고 불러서 연필이라니? 사실 이 질문은 제 것이 아닙니다. 제가 학생 때 선생님이 저희에게 한 질문이기도 하거든요. 처음 그 질문을 들었을 때 제

표정이, 아마 학생들과 같을 거라는 생각을 합니다.

정답은 무엇일까요?

선생님 말씀처럼 언어는 힘을 가지고 있죠. 대학원생이라면 누구나 그렇듯이 소쉬르의 이론을 들여다보고, 서양 철학자들의 말을 되새겨보던 시간을 가졌죠. 그런데 이런 고민을 지금의 우리만 한 것은 아니더라고요. 1930년대를 살아냈던 작가들도 이런 고민 속에 싸여 있었어요. 제가 앞으로 공부해야 하는 부분이기도 하고요.

아! 그리고 선생님의 '미술에 대한 개념' 이야기를 들으니 이광수가 떠올랐어요. 이광수도 '미술'이라는 단어를 사용하거든요. 재미있는 것은 미술이라는 개념을 아주 소중하게 여기고 있다는 점이에요.

> 낙지이래落地以來로 미술이란 말도 들어보지 못하고 화畵라 하면 천인賤人의 의식을 구하는 일업이 아니면 한유자閑遊者의 소일구消日具로만 여기던 사회에 생장한 나로는 미술의 진미를 상완하는 감상안이 유할 리가 없으매 일차도 만족한 쾌미快味

를 득得하지 못하였노라.

1916년에 일본에서 유학 중이던 이광수는 『매일신보』를 통해 「동경잡신」이라는 글을 연재했어요. 동경이라는 신세계를 경험한 이광수가 이런저런 소식을 써서 보내는 글이었죠. 대부분은 동경의 삶을 극찬하고 받아들여야 한다는 얘기였어요. 그런데 그중에 유일하게 조선을 찬양하는 내용이 바로 「문부성미술전람회기」라는 부분이었어요. 미술 사학자 이구열은 이 글을 우리나라 최초의 미술 현장 비평문이라고 부릅니다.

그럴 만도 한 게 우리 조선 땅에 최초의 전람회는 1921년에 시작했거든요. 1호 서양 화가인 고희동이 개최한 서화협회전이 그것이었습니다. 그런데 이광수는 1916년에 전람회라는 형식을 익히고, 그것이 무엇인지 자세히 설명하는 글을 발표한 것이죠. 신문을 받아본 독자들은 어떤 기분이었을까요? 전람회가 어떤 것인지, 엄청 궁금하지 않았을까요?

어쨌든 이광수는 동경에서 이 전람회에 가기 전에는 미술이라는 말을 들어본 적도 없고, 그저 '화畵'라 하면 천인이나 한가로운 사람들의 소일거리로만 생각했다고 합니다. 실제로 '그림'이라는 것이 있었지만, 그것이 어떤 인식이었을지 알 수 있게 하는 부분이죠. 그런데 그런 그가 전람회장에 도착하고는 깜짝 놀랍니다.

오전 10시에 전람회장에 도착한 이광수는 전람회장에 바로 들어가지 않고 주변을 서성였습니다. 아마 낯설어서 그랬겠죠? 긴장감이 역력한 이광수의 얼굴도 상상해 봅니다. 그리고 전람회장 앞에서 그가 본 것은 지체 높으신 분들이었어요. 자동차 몇 대가 서 있었다고 하던데, 아마 그 차들이 으리으리했던 모양입니다. 분명 귀족이나 부호가 분명한 사람들인데 그 사람들이 미의 권위 앞에 머리를 조아리더랍니다. 어느 누구도 그 작가의 빈부귀천을 묻지 않는 것을 보면서, 이광수는 생각이 많아집니다.

도대체 미란 무엇일까요? 이광수의 머리에도 이런 생각이 스쳤겠지요. 입장료를 내고 전람회장에 입장한 이광수는 그림값을 보고 또 한 번 놀랍니다. 이 전람회에 오기 전까지 미술에 관한 생각이 별로 없었다는 것을 알 수 있는 부분이기도 하죠. 조선에서 한 번도 보지 못했던 전람회니 당연한 일이기도 합니다.

그런 그가 어떻게 전람회장에 찾아가게 되었을까요? 그건 김관호 때문이었습니다. 2호 서양 화가이자 당시 동경미술학교 수석졸업생인 화가 김관호 말입니다. 이광수는 김관호를 '친우'라고 표현합니다. 김관호가 학교를 수석 졸업한 것도 놀라운데 문부성미술전람회에 입선되었다니 일본이라는 근대 세계에서 인정 받은 김관호가 자랑스러워 그에 관한 이야기를 담기 위해 전람회장을 찾은 것입니다.

전람회장에서 천천히 발걸음을 옮기던 이광수는 "이것이 조선인의 그림이래"라는 목소리에 고개를 돌렸습니다. 그곳에는 김관호의 역작 〈해질녘〉이 걸려 있었습니다. 대동강에서 목욕을 끝내고 나온 두 여인의 뒷모습을 그린 그림이었습니다. 이광수는 전에 없이 극찬을 늘어놓습니다. '세계의 천재'라거나 '군의 존재에 다사하노라' 등 조금은 부담스러울 정도로 칭찬을 늘어놓죠. 아마 나체화였기 때문에 이를 자세히 묘사하지는 못했을 거라 생각합니다. 어쨌든 전람회장을 찾은 이광수는 생각합니다. 미술 감상안이야말로 문명인이 되는 최대 요건이구나!

이광수에게는 전통적 의미의 화에서 미술이라는 신문물로 넘어가는 순간이었겠죠? 물론 이전의 화가 이광수의 말대로 천인이나 한가한 사람들의 소일거리라는 것을 일반화할 수는 없을 것입니다. 그럼에도 새로운 세계에 지대한 관심을 펼쳤던 이광수가 이렇게 이야기할 정도니, 아무래도 당시 신지식인들에게 미술이라는 것이 강렬한 세계였나 봅니다.

재미있는 건 이광수가 전람회를 보고 피로함을 느꼈다고 쓴 부분이었어요. 우리도 전시장에 다녀오면 미묘하게 피로함을 느끼잖아요. 이광수도 그런 피곤함을 느끼고 전람회장을 나와 찻집에 들어갑니다. 거기에서 차 한 잔을 시키고, 원고지를 펼쳐 들고 문부성전람회를 다녀온 소감을 기록하죠. 그런데 놀라운 소식을 듣습니다. 이 소식을 듣고 이광수는 원고를 고칠 여력도 없이, 그 뒤에 덧붙인 원고를 붙입니다. 지금이야 컴퓨터로 쓰니까 바로 수정했을 텐데, 당시에는 처음부터 새로 써야 했겠죠. 이광수라면 다시 썼을 법도 한데, 아마 시간이 그리 넉넉지 않았나 봅니다. 바로 김관호가 문부성미술전람회에서 특선을 수상했다는 소식이었는데요. 그러니까 3등을 한 거죠. 일본에서 내로라하는 작가들이 참여하는 전람회에서 3등이라니 이광수한테는 너무나 감격스러운 소식이었던 것 같습니다! 그래서 이 소식을 급하게 덧붙입니다. 미술계의 알성급제謁聖及第라면서 말이죠.

이 글을 마주할 때면 이광수의 솔직한 심정이 눈에 그려져서 즐겁습니다. 친일 인사로 변절하기 전임에도 조선을 전근대적인 곳으로 여기는 부분은, 선대 학자들이 그랬던 것처럼 비판 받아 마땅한 일이라고 생각하기도 하지만 말입니다. 그래도 미술을 접하고 놀란 청년 이광수의 심정이 느껴지는 것이 솔직하고 순수하단 생각도 듭니다.

흥미로운 점은 이광수의 미술 비평 활동 이후에도 문인들이 미술 비평 활동에 참여했다는 것이에요. 선생님이 말씀하신 것처럼 문인들은 '언어'를 다루는 사람들이었잖아요. 그런데 문인들이 미술에 많은 관심을 보였던 건 주의 깊게 봐야 할 부분인 것 같아요.

선생님, 지난 편지에 제가 문학과 미술을 함께했던 작가들에 관한 이야기를 나눴죠. 지금까지 제가 했던 연구이기도 했고요. 그림을 그리거나 글을 쓰거나. 지금은 문학과 미술이라고 명확하게 나뉘어 경계 밖에서 주목받지 못했던 글을 중심으로 연구하고 있다고 말씀드렸어요.

당시 문단과 화단을 생각하면 당연한 일이었지요. 문인들이 주로 작업을 발표하는 잡지를 만들 때 화가들의 도움이 절대적으로 필요했기 때문이에요. 화가들도 마찬가지죠. 미술에 관한 글을 실을 곳은 신문과 잡지였기에 문인들과 가까이 지낼 수밖에 없었어요. 박태원의 소설 『소설가 구보 씨의 일일』이 책으로 발간되어 나올 때, 정현웅이 참여해서 장정했던 일이나 『문장』에 길진섭이나 김용준 같은 화가들이 미술에 관한 글을 발표했던 일 등이 그러합니다. 문인 심훈과 화가 안석주는 함께 영화 작업도 했다고 해요. 글과 그림의 상생이자 작가들의 상보였던 그런 시대였죠.

실제로 김광균은 「30년대 화가와 시인들」이라는 글에서 이렇게 말하기도 하죠.

> 30년대 시는 음악보다 회화이고자 하였다. … 매일 같이 모여 시와 그림 이야기를 한 것은 아니지만 여러 해 지나는 동안에 화가의 작품에 시가 담기고 시인의 시에 회화의 모티프가 반사된 것으로 생각된다. 한 시대를 함께 살아가던 공동 운명체라 할까?

문인과 화가는 한 공간에서 실제 예술에 관한 이야기를 나누며 서로의 예술 의식을 공유했습니다. 물리적으로도 서로

떨어트릴 수 없는 관계였다고 할까요. 하지만 여기에서 '시'가 '회화'이고자 했다는 말은 주의 깊게 살펴보아야 할 부분 같아요. 1930년대 모더니즘 시인들이 시의 이미지즘을 이야기하는 것이 단순히 그림을 묘사하여 언어로 표현했다고 말하는 것은 아니기 때문이죠. 그렇다면 당시 문인들이 이야기하는 문학의 회화성이란 무엇을 말하는 것일까요?

모더니즘 문학운동의 기수였던 김기림은 '시의 회화성'이라는 글을 발표하며 20세기 시의 혁명적인 변천은 그것이 음악과 작별한 때라고 말합니다. 사실 그전까지 시는, 문학은, 음악성과 연관이 있었죠. 소리 내어 읽었기에 음악과 관련이 있었던 것이죠. 하지만 낭독이 아니라 음독하게 되면서 시는, 문학은, 음악성보다는 회화성을 획득하게 된 것입니다.

여기에 김기림은 시의 혁명적 변천이라고 말하네요. 어째서 그럴까요? 머릿속에 이미지를 그리는 것이 어떻게 큰 변화를 가져온다는 것일까요? 선생님이 말씀하시는 언어의 힘이 이렇게 보여지는 것 같아요.

　　그것은 과거 지식의 되풀이에 불과하다. '풀은 푸

르다'고 가르쳐 왔으니까 너도 나도 '풀은 푸르다'
고 감각해야 한다고. 시인이여, 너는 이러한 비속
주의의 말은 곧이듣지 말라. 프리미티브한 감성은
새로운 관념(인류의 재화)을 찾아낸다. 새로운 시
인에게는 이러한 감성이 필요하다.

—「시의 모더니티」, 1933

우리는 풀이 푸르다고 감각해야 한다 배웠기에 그 안에 갇
혀 있습니다. 하지만 언어는 이를 바꿔놓을 수 있습니다. 새
로운 언어를 통해 새로운 이미지를 그릴 수 있다는 것이지
요. 비슷한 이야기를 김광균도 하는데요. 「서정시의 문제」라
는 글에서 '등불'을 예로 들어 설명하기도 합니다. 석유나 지
등을 켜던 사람에게 전등의 발명이 '등불'에 대한 관념에 변
화를 준다는 내용입니다. 생각해 보면 새로운 언어와 그 가
능성이 우리의 사고 방식을 바꿀 수 있다는 인식을 하게 된
때가 이 시기이기도 한 것 같습니다.

김기림과 김광균의 글을 읽으며 언어에 대해 다시 생각해봅
니다. 우리 근대 문인들이 언어를 통해 구현하고자 했던 회
화성이 단순히 그림을 사실대로 묘사하는 것은 아니었을 테
니까요. 서양에서 들여오는 미술 사조와 언어에의 적용, 그

다양한 실험이 우리 1930년대 언어를 풍부하게 만들 수 있었으리라 생각합니다.

김기림이 실제로 전람회를 관람하고 글을 쓴 적도 있고요. 1933년에 개최한 서화협회전을 보고 미술 비평문을 남기기도 하거든요. 그 글을 보면 김기림이 미술을 어떻게 생각하는지 잘 알 수 있습니다. 당시 문인들이 하는 미술 비평에 몇몇 화가는 전문인이 아닌 문인들의 비평을 받아들일 수 없어 노골적으로 불만을 드러내기도 합니다. 문인들이 이를 모를 리가 없죠. 그래서인지 이광수를 포함해서 권구현이나 심훈, 임화, 이태준과 같은 문인들이 미술 비평을 할 때 꼭 본인을 '문외한'이거나 '구경꾼'으로 표현하며 조심스럽게 시작합니다.

그러다 보니 의문이 생겼어요. 문단에서 나름 자리를 잡고 잘나가는 문인들이 비평문을 쓰고도 욕을 먹는데(웃음) 왜 계속해서 글을 쓸 수밖에 없었을까? 한 편이나 두 편을 적는 것으로 그친 문인도 있지만, 웬만한 화가들보다 더 열심히 활동했던 문인들도 있었거든요. 이태준처럼요. 그런데 그 해답을 김기림의 글에서 찾을 수 있었습니다.

그럼에도 불구不拘하고 무엇이 우리와 같은 문외한門外漢으로서 이런 종류의 붓을 드는 모험冒險을 감행敢行하게 하는가? 사실상 이 땅에 있어서는 미술가 제씨美術家諸氏가 정성을 드려서 그린 한 개의 그림을 또는 전람회를 비평批評해주는 진정眞正한 의미意味의 미술비평美術批評은 거의 없이 전람회展覽會나 그림은 전연 무시全然無視되며 암흑暗黑속에 파묻힌대로 망각忘却속으로 흘러버리고 그러한 까닭에 문외인門外人이나마 비평批評이 아닌 감상感想이라도써 보려는 충동衝動을 느낀 것이다

그럼에도 문인들이 이런 종류의 붓을 드는 모험을 강행하는 이유는 미술가의 작품이 혹은 전람회가 암흑 속에 파묻혀 망각으로 흘러버리는 까닭에 있었답니다. 그것을 기록으로 남겨놓고자 한 것이죠. 실제로 우리는 한국전쟁을 겪으면서 많은 수의 작품을 잃을 수밖에 없었죠. 분단으로 교류가 끊기기도 했고요. 그래서 몇몇 비평가가 써놓은 글들로 당시의 작품을 짐작할 수 있게 됩니다. 정말 김기림의 말대로 당시 기록자들의 기록이 아니었다면 그 작품들은 암흑에 파묻히고 망각 속으로 흘러버렸을지도 모를 일입니다.

특히 김기림이 적었던 1933년의 서화협회는 제가 찾은 바로는 단 두 편의 비평문만 발표될 뿐 어느 누구의 관심도 받지 못했습니다. 전람회에 관한 기사도 이태준이 일하던 『조선중앙일보』에서만 내기도 했죠. 총독부 주관의 조선미술전람회에 관한 기사는 수없이 쏟아져 나왔던 것을 생각하면 일제 강점 하에 우리 화단에서 활동하던 화가들이 얼마나 힘든 과정을 거쳤는지 감히 짐작도 하지 못하겠습니다.

우리 미술이 잊히지 않기를 바라는 마음. 그건 무엇이었을까요? 우리 미술을 아끼고 사랑하는 마음이었겠지요? 그래서 선생님, 저도 김기림의 말을 다시 한번 강조하며 '그럼에도' 우리가 계속해서 문학과 미술이라는 두 세계를 놓지 않았으면 하는 바람을 드러내 봅니다. 선생님도 같은 마음이지 않을까 싶습니다.

추신. 선생님 어떻게 이렇게 비슷한 생각을 했는지 모르겠어요. 그런데 전시를 추천하는 것만 봐도 우리가 얼마나 비슷하면서도 다른지 느낄 수 있네요. 제가 이번에 추천하고 싶은 전시는 국립현대미술관 덕수궁에서 진행하는 '미술이 문학을 만났을 때'라는 전시예요. 내일부터 시작된다고 하네요. 코로나가 아니라면 한걸음에 달려갔을 거예요. 선생님, 선생님의 '그럼에도'는 무엇일지, 이야기를 듣고 싶어요.

강정화 드림

마지막 편지

선생님, 안녕하세요.

반가움과 애틋함을 담아 오랜만의 안부를 전합니다. 편지를 받고 적지 않은 시간이 흐른 바람에 답장을 쓰기 위해 지난 편지들을 한 편 한 편 되짚어 봤습니다. 얼떨결에 받았던 편지가 너무 반가운 나머지 벅찬 마음을 주체하지 못하고 밤을 새워가며 답장을 쓰던 때가 얼마 전인 것 같은데 그사이 계절이 네 번이나 바뀌었네요. 그리고 벌써 이번이 마지막 편지라는 게 실감이 나지 않습니다.

연구에 대한 격려와 공감 감사합니다. 지치지 말고 부지런히 나아가기를 바란다는 선생님의 응원 잘 새겨두겠습니다. 공부하면서 이렇게나 든든한 동반자를 만나다니 저는 정말 운이 좋은 것 같아요!

이전 편지에서 들려주신 이야기부터 시작해야 할 것 같네요. 선생님, 그러니까 근대 시기에 신문과 잡지를 만들기 위해 문인과 화가는 글과 그림을 매개로 상보적 관계를 맺게 되었고, 그 교류의 과정에서 문인들은 각자 자신만의 '언어'로 미술(혹은 회화성)에 대한 의견을 개진했던 것이네요. 처음 대화를 시작했을 즈음, 제가 문학과 미술 사이에는 분명 친연성이 있는 것 같지만 그것이 무엇인지 좀처럼 감이 잡히지 않는다고 말씀드렸던 적이 있었죠. 그런데 선생님, 선생님께서 인용해주신 문인들의 자료들을 직접 보고 나니 단순히 둘 사이에 뭔가 있었을 것이다, 라고만 상상했을 때에는 보이지 않았던 문학과 미술, 그리고 문단과 화단의 교류 양상이 확실히 좀 더 생생하게 드러나 보이는 것 같아요.

특히 전람회를 처음 접한 청년 이광수가 격앙된 얼굴로 신문명인 '미술'에 대한 기사를 써내려가는 장면은 마치 영상을 보듯이 눈앞에 선하게 펼쳐지네요. 김기림과 김광균이 언어가 이미지를 생성할 수 있다고 말한 것이 바로 이런 것일까요. 물론 두 사람이 이야기한 것은 어디까지나 시에서 이미지의 문제, 즉 문학 이론의 맥락이었겠지만요. 어찌 되었든 선생님의 편지를 받아보는 날이면 종일 즐거운 상념에 푹 빠지게 된다는 것만은 분명한 것 같습니다.

선생님, 제가 지난 편지에서 '미술'이라는 번역어, 즉 신조어가 등장한 배경과 정착 과정에 대해 연구하고 싶다고 이야기를 드렸었죠. 언어가 삶 속에 스며드는 과정 속에서 사람들의 인식이 어떻게 바뀌어 가는지 살펴보고 싶다 말씀드렸어요. 그런 의미에서 선생님께서 매우 중요한 부분을 짚어주신 것 같습니다. 1916년 동경에서의 경험을 기록한 이광수의 문장, 그리고 1호 서양 화가인 고희동이 개최한 서화협회전이요. 확실히 이 시점부터 '미술'이라는 개념은 근대적의미로 전환될 징조를 보여왔기 때문입니다. 근대적인 의미라 함은 지금 우리가 흔히 말하는 시각 예술 작품 전반을 일컫는 용어인 '미술'과 유사한 의미로 쓰이게 되었다는 뜻이예요. 그렇다면 그전에는 많이 달랐을까요?

여러 자료를 토대로 살펴보면 확실히 시작은 달랐던 것 같아요. 서양의 근대에서 탄생한 '파인 아트Fine Art'라는 용어는 중국, 일본, 한국 등 한자 문화권을 공유하는 나라에 유입돼 정착하는 동안 나름의 복잡한 사정들을 발생시켰습니다. 특히 우리나라의 경우 일본 관학자들의 식민정책과 얽히면서 '미술' 개념도 나름의 고투를 겪었던 것으로 보이고있어요.

어떤 일들이 있었을까요? 문학연구자 권보드래 교수님의 저서 『한국근대소설의 기원』(2000)에는 당시의 풍경을 엿볼 수 있는 기록들이 수록되어 있습니다. 특히 「'미술' 개념의 추이와 예술」이라는 장은 제 공부의 초석이 될 만큼 많은 도움이 되었습니다. 그런데 특이한 것은 이 연구가 한국 근대 '문학'의 범주를 밝혀내기 위해 수행되었다는 것이에요.

근대 시기는 외래어의 유입이 급격하게 증가하던 시기였고, 유입된 외국어를 어떻게 사용해야 할지 고민하던 시기였습니다. 즉 번역어의 사용이 과도기적 단계에 있었기에, 여러 갈래로 중첩되어 혼란스럽게 사용되던 용어인 '예술'과 '미술', '문학'의 용례를 상세히 되짚어 볼 수밖에 없었던 것이죠. 이 연구에는 1913년 루쉰魯迅이 발표한 「미술 보급에 대한 의견서」부터 시작하여 한국, 중국, 일본의 다양한 사료들이 등장합니다.

먼저 루쉰은 "미술이라는 말은 옛날 중국에서는 사용되지 않았다. 이 말이 사용된 것은 영어의 art or fine art를 번역하면서 부터다."라고 언급합니다. 미술이라는 어의를 아트의 번역어로써 비교적 분명하게 규정해내고 있는 것인데요. 이렇게 보면 이 개념이 이제까지의 중국에서는 사용되지 않았던, 존재하지 않았거나 새로운 의미로 자리 잡아 가는 개념임을 알 수 있어요. 근대 일본에서도 마찬가지로 '미술'이라는 용어는 서구 문물을 받아들이는 과정에서 생성된 신조어였습니다. 1873년, 일본에서는 빈 만국박람회의 출품 규정을 번역하면서 '미술'이라는 말을 최초로 소개하는데요. 사토 도신이 제시한 자료를 토대로 보면 당시 일본은 공예 예술을 뜻하는 독일어 '쿤스트게베르베Kunstgewerbe'를 '미술'로 소개하면서 단어 옆에 "음악, 화학畵學, 상像을 만드는 기술, 시학詩學 등을 미술이라고 함"이라고 부연했다고 해요. 미술을 지금의 의미와 유사한 시각 예술 외에 음악, 시학 등 좀 더 폭넓은 영역에서 다뤘음을 알 수 있는 대목이에요.

"금년에 러시아 조정朝廷으로부터 국탕國帑을 발행하여 국내 각 회사에 나누어 주어서 영업을 보조해 주는 금액이 약 16만 2백 45 루블婁孚婁이라고 하는데 여기에 회사의 이름과 보조해 준 금액을 기록해 보면 아래와 같다. 동회잡지국同會雜誌局 동음악온습장同音樂溫習場 동미술국同美術局 동신문사同新聞社 동서적관同書籍館…."

— 「아정반보각회금액俄廷頒補各會金額」, 『한성순보』 제17호.

(1884년 음력 3월 11일 기사)

미술 사학자 이구열 선생님께서도 말씀하신 적이 있듯이 한국에서의 '미술'도 가장 먼저 외국 문화를 소개하는 맥락 속에서 등장했음을 알 수 있습니다. 1884년 『한성순보』를 살펴볼까요? 여기에서 미술은 일본에서 먼저 쓰였던 'Fine Art'의 번역어 '美術'이 러시아 국정을 소개하는 과정에서 신어로 제시되는 것을 알 수 있습니다. 이 시기에는 대체로 일본과 마찬가지로 박람회 출품, 수출 진흥이라는 맥락에서 '미술'이라는 용어의 정착이 이뤄졌던 것으로 보입니다.

그리고 이후 한국에서 '美術'이라는 용어는 지금의 의미와 유사한 "미술 · 조각 · 회화"라는 식으로 사용되기도, "서화금가" 모두 포함된 포괄적 용어로 사용되기도 하고, "농산물 · 공업물 · 수산물 · 임업물 · 광산물 · 미술품"이라는 나열에서 사용되기도 하는 등 매우 과도적인 용례를 보였습니다. 여기에다가 근대 이전, 미의 창조와는 전혀 관계없는 의미로 사용되던 '예술藝術' 개념 위에 근대 이후 번역되어 들어온 '미'와 '미술' 개념이 포개지면서 더 복잡해지고요.

그런데 선생님께서 말씀해주신 1910년대에 들어서면 '서화'의 부각과 함께 '미술'은 새로운 국면으로 진입하는 것으로 보입니다. 고희동 등 일본 유학생 출신의 지식인들이 서화협회를 창설하고 협회전 개최, 회보 간행 등 근대적인 미술 운동을 이끈 행보와 맞물리면서 '미술'은 종래의 '공업', '식산흥업'의 맥락에서 사용되지 않게 되었죠. 선생님께서 이야기해주신 이광수가 「동경잡신」에 쓴 글도 '미술'이 근대적 의미를 갖추게 된 여러 시작점 중의 하나라 볼 수 있겠네요. 동경의 전람회를 경험하고 전에는 들어본 적도 없는 '미술'이라는 것이 무엇인지 설명하는 글을 쓰면서 이광수는 그 자신이 기존에 갖던 것과는 다른, 그림에 대한 새로운 개념을 인식하기 시작했을 것이에요. 독자들도 마찬가지였겠죠? 이광수가 그랬던 것처럼 독자들도 그동안 그림이라는 것은 천한 신분을 가진 사람이 시간 날 때 끄적이는 것, 즉 '화'의 개념 정도로만 인식했을 것입니다. 그리고 글을 본 후에는 '아, 전람회라는 게 이런 것이구나' 미술이라는 것은 지체 높은 사람들이 모여서 벽에 걸어놓은 그림을 다 같이 보는 어떤 것이구나, 하는 자신도 모르는 사이 인식이 전환되는 순간이 오는 것이에요. '미술'이라는 개념사의 측면에서 이 시기의 풍경을 앞으로 좀 더 상세히 살펴보고 싶은 충동이 생기는 것도 바로 이러한 장면들이 눈에 띄게 등장하기 때문입니다.

그리고 친우인 서양 화가 김관우의 수상을 일종의 '급제'로 표현한다던가, 미술 감상안을 갖는 것이 문명인의 덕목이라 칭하거나 전람회를 보고 피로감을 느꼈다는 대목들. 선생님 께서 전해주신 것처럼 당시의 어떤 풍경들은 묘한 기시감이 들죠. 지금의 우리가 미술을 대하는 모습과 같은 맥락 위에 놓여 있다는 느낌이요. 저는 미술을 일종의 신문물로 인식 하기 시작한 이 시기가 추후 예술과 미술이 각각 서구에서 구체화 시작하게 된 개념인 'art'와 'fine art'의 대응어로 자 리 잡게 되는 데 핵심적인 장을 마련했다고 보고 있어요. 그 리고 이것을 왜 중요하게 봐야 하는가 하면 저는 근대적 의 미의 미술이 시작되는 시점의 풍경을 다시금 살펴봄으로써 지금 미술의 의미도 새롭게 도출해낼 수 있기 때문이라고 대답하고 싶어요.

선생님께서도 말씀하셨듯이 이광수의 전언이 있은 후 몇 년 사이 조선에서도 전람회라는 것이 열리기 시작했고, 이를 통해 서양에서 미술 사조와 언어가 유입되었죠. 이 언어들 이 우리 미술과 문학에도 영향을 끼치면서 그 다양한 실험 이 전행돼 이후 '문학의 회화성'에 관한 논의 등 1930년대 언어를 풍부하게 만들 수 있었을 것입니다. 새로운 언어를 통해 새로운 이미지를 그릴 수 있다는 메시지도 창발하게 되고요. 또한 미와 추를 모두 미술로 포섭할 수 있게 된 지금의 전시 형태의 초기 구성도 이 시기에 마련됩니다. 그리고 이러한 언어들은 한국전쟁, 분단, 민주화운동을 거치면서 몇 번의 굴곡을 거쳐 지금에 이르게 되었고 현재 우리의 인식의 뿌리에 자리 잡아 알게 모르게 영향력을 행사하고 있다고 생각합니다.

선생님, 제가 앞으로 미술이라는 개념의 역사를 살펴보겠다고 말씀드렸죠. 그래서 지금 이렇게 다소 장황하게 말씀을 드리고 있는 것이고요. 그런데 제 연구의 목적이 '미술'이라는 단어가 서양을 시작으로 일본이라는 매개항을 통해 한국에 정착했다는 '사실'만을 강조하려는 데 있지는 않다고도 말씀드리고 싶어요. 제가 하고 싶은 말은 결국 크게는 새로운 언어의 가능성이 우리의 사고 방식을 바꿀 수 있다는 것이고, 좀 더 구체적으로는 한국의 미술 개념은 정착의 기간을 거치면서 서양과도, 또 일본과도 다른 독특한 미술 개념을 갖게 되었다는 것. 그리고 그것이 어떤 맥락에서 시작돼 지금에 이르게 되었는지, 그 '다른' 특징은 무엇인지 살펴보는 데 있습니다.

과거가 있으니 현재가 있고, 그 현재를 토대로 미래로 나아간다고 하잖아요. 너무 진부한 말인가요. 하지만 인정하고 싶습니다. 미술에 대해 배우면서 늘 궁금했던 부분이 있었어요. 미술사 공부는 왜 그리스, 로마, 비잔티움부터 시작할까. 한국에서 제작된 작품들인데 왜 작품에 대한 비평문은 작품과 또 현실과도 이토록 괴리를 갖는 걸까. 너무 천편일률적으로 서양 사조에 기반해 해석되는 것은 아닐까. 왜 그럴까. 질문은 자꾸만 이어졌습니다. 모두 같은 시각 언어를 쓰는 회화임에도 서양화와 동양화로 나뉘어 있는 이유는 무엇일까. 조각, 영상, 디자인은 사용하는 매체가 다르기 때문에 그럴 수 있다 하더라도 회화는 평면 위에 붓으로 그리는 것은 같은 원리인데 말이죠. 전통적 의미에서 시서화를 하나로 여길 수 있었던 이유 중 하나는 도구를 같이 쓰는 것에 있었죠. 글자를 쓰는 도구와 그림을 그리는 도구를 동일하게 사용했기에 둘을 구분하지 않았으니까요. 물론 최근에 들어서는 전시에서도 대학 학과에서도 서양화와 동양화를 구분을 짓지 않고 '회화'라고 통칭하는 흐름이 대두되고 있긴 합니다만, 한국에서의 현대 미술이라는 체계에서는 분명 서구적 '기준'이라는 것이 존재했고, 그것을 받아들이는 과정에서 지금의 독특한 지형들이 형성됐다고 생각합니다. 근대 이후부터 '현대 미술'이라고 불리는 지금까지 꾸준히 작용하기 때문이죠. 그래서 근대 시기부터 정립되어온 '미술' 용어의 추이와 그 역사적 풍경을 살펴보는 일은 오늘날 우리 미술에서 "왜?"라고 갸우뚱거리게 되는 지점들을 새롭게 해석해낼 수 있는 실마리가 될 것이라고 생각하고 있어요.

풀은 푸르다라고 배워서 풀을 푸르게만 감각하게 되었다고 지적한 김기림의 말처럼 어쩌면 우리도 미술은 미술, 문학은 문학이라고 배웠기에 그 안에 갇혀 있었을지도 모른다는 생각. 하지만 언어는 이를 바꿔놓을 수 있다고 생각합니다. 정확하게는 '미술'이라는 언어를 추적하는 과정에서 발생하는 새로운 언어를 통해 바꿔놓을 수 있습니다. 언어를 추적하는 일이니 당연히 문학가가 남긴 기록이 많은 참조가 되겠지요. 그리고 그 문학가가 남긴 기록은 문학이 아닌 미술에 대한 기록일 테고요. 그렇기에 주변으로 밀려난 글일 확률이 높겠네요.

오래전의 자료를 읽다 보면 이런 생각이 듭니다. 우리는 한 명의 문인이 써내려 간 하나의 완결된 형태의 글을 보고 있지만, 그 글이 탄생하기까지의 배경에는 한 명이 아닌 동시대를 살아가는 수십, 수만 명의 시간의 역사, 즉 켜켜이 쌓여 있는 기록의 역사를 보고 있는 것일지도 모르겠다는 생각이요. 그 언어를 또 새로운 언어로써 해석해내는 작업이 미술이라는, 문학이라는 언어의 외연을 넓히는 일이 되기를 기대하고 있어요. 그러다 보면 문학과 미술은 한 자리에서 만났다가 또 흩어졌다를 반복할 수도 있겠다는 생각입니다. 운이 좋다면 그 과정에서 망각 속으로 흘러가버렸을지도 모를 이야기들을 건져낼 수도 있고요. 허황된 말 같지만, 이것이 바로 언어의 힘이자 연구의 힘이라 생각합니다. 선생님께서, 미술과 문학 '경계 밖에서 주목받지 못했던 글'을 중심으로 연구하고 계신 이유도 비슷한 마음이지 않을까 싶습니다.

선생님, 이제와 보니 마지막 편지라고 말해놓고 너무 정색하고 재미없는 이야기만 늘어놓은 것은 아닌가 걱정됩니다. 지난 편지에서 적어주신 질문에 대한 대답으로 이야기를 마무리하면 어떨까 해요. 제게 있어 '그럼에도'는 무엇인지 물어보셨잖아요. 일전에 어느 에세이에도 쓴 적이 있지만, 고백하건대 사실 '그럼에도'는 줄곧 제 인생에 동반자와 같은 것이었어요. 일종의 문제 해결의 실마리이자 화두랄까요. '굳이'라는 단어와 함께요. 자의 반, 타의 반이었다고 생각합니다. 이미 알고 계시지만, 저는 미술 작가이면서 큐레이터로, 기고자이자 편집자로, 학생이자 연구자로 살아가고 있습니다. 주어진 것 중에서 그나마 내가 안다고 말할 수 있고, 남들보다 조금은 잘할 수 있는 것들부터 하나씩 성실히 해보자는 마음이었는데, 어쩌다 보니 여러 이름을 갖게 되었어요.

예술이라는 큰 울타리 안에서 다양한 텍스트를 읽고, 쓰고, 또 이미지를 보고, 만드는 일은 언제나 즐거웠습니다. 하지만 아차 싶은 순간도 많았습니다. 이를테면 예술이라는 영역을 벗어났을 때, 사회의 한 구성원으로서 내가 맡은 역할은 무엇일까 하는 고민들. "나 자신을 뭐라고 소개해야지?" 우물을 파도 한 우물만 파라는 말이 있는데, 이것도 하고 저것도 하려다 무엇 하나 제대로 하지 못하면 어쩌나 하는. 이럴 때마다 소환되는 단어가 '그럼에도'입니다. 그럼에도 내가 이렇게 살아갈 수 밖에 없는 이유에 대해 한 번씩 진지하게 생각해보게 되는 거죠. 예상하시겠지만, 직업이 직업이니 만큼 이런 순간은 자주 찾아오는 편이고요. 미술, 글쓰기야말로 세간의 시선에서 대표적인, 먹고사는 것과 크게 상관없는 일로 인식되기도 하고, 어쩌면 상관없다기보다 방해가 될 수도 있는 요소로 그려지기도 하고요. 불안감은 문학과 미술을 함께 공부하기로 다짐한 후에도 좀처럼 떨쳐내기 어려웠습니다. 애매한 학문적 깊이를 경계 메우기라는 명분으로 포장하는 건 아닐까. 이런 불확실함 속에서 '그럼에도' 내가 공부하는 이유는 무엇일까.

작년 가을 온라인으로 개최된 전국비교문학학회에서 한 교수님께서 이런 말씀을 하셨어요. 어쩌면 학문에서의 절대 자유라는 것은 공포를 뜻하는 것일지도 모를 일이라고요. 가슴이 철렁했습니다. 비교문학이라는 드넓은 학문 영역 안에서 미술과 문학을 두고 과연 내가 무엇을 할 수 있을까. 저는 조금 두려워하고 있었던 것 같아요. 그럼에도 이 작업을 꼭 해야만 하는 이유라는 게 있기는 한 것일까. 이런 질문이 저 멀리 어둠 속에서 다시금 깜빡깜빡 모습을 드러내기 시작할 때쯤 선생님의 편지를 받았습니다. 저야말로 정말이지 간절하고 애틋하지 않을 수 없었어요. 삶의 여러 갈림길에서 공부를 택했고, 분명 이쪽 길이라고 생각했는데 끝은커녕 길이라는 것조차 희미한 벌판을 헤매고 있는 느낌이었어요. 그러다 저만치 혼자서 뚜벅뚜벅 걷고 계신 선생님을 만나게 된 것이죠. '혼자가 아니구나' 느꼈습니다.

미술과 문학. 문학과 미술에 대해 대화를 나누는 동안 많은 생각을 할 수 있었고 또 많이 배웠습니다. 반가움은 깊은 동지애로, 애틋함으로, 그리고 깊은 존경과 애정으로 변해 갔습니다. 맞아요. 정답은 없습니다. 그리고 우리가 함께 만들어 갈 미래도 여전히 열려 있다고 생각합니다. 미래의 한 장면을 그릴 수 있다면 이런 것일까요. 우리처럼 겁 없는 어느

한 사람이 예술이라는 넓은 벌판 위에 선 거예요. 일단은 용기를 냈지만, 그 사람 역시 어디로 가야 할지 막막하던 중이었겠죠? 당황한 와중에 저기 한쪽에 앉아 도란도란 이야기를 나누는 우리를 발견한 거예요. 그렇게 다행인 만남은 셋이 되고, 넷이 되고, 그리고 수십 명이 되는 것. 이런 상상을 하다 보면, 그럼에도 문학과 미술 두 세계를 나란히 두고 보는 일을 멈춰서는 안 되겠다 생각하게 됩니다. 선생님은 어떠신가요?

대답은 조만간 만나서 듣는 것으로 하겠습니다. 결론 없는 우리의 이야기가 글자와 말을 오가며 끝없이 이어지기를 희망하며, 오늘은 이만 줄이겠습니다.

존경과 애정을 담아
신이연 드림

두 비교문학자의 편지

문학과 미술의 경계

초판 1쇄 발행 2021년 12월 27일

글   강정화, 신이연

편집   김유정
디자인   피크픽(peekpick)

펴낸이   김유정
펴낸곳   yeondoo
등록   2017년 5월 22일 제300-2017-69호
주소   서울시 종로구 부암동 208-13
팩스   02-6338-7580
메일   11lily@daum.net
ISBN   979-11-91840-24-7 03810

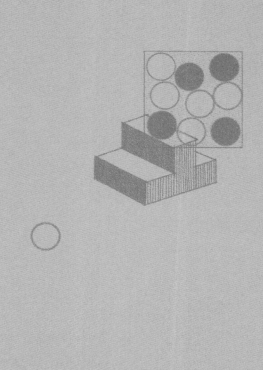